Klaus Blumberg

Marlene

und die Reise nach Polen

Roman

Coverfoto und Briefauszüge: aus dem Nachlass Waldemar Bollo

Dieser Roman ist Martin Schröder und Günter Schmideder gewidmet.

Herstellung und Verlag:
BoD-Books on Demand, Norderstedt
ISBN: 978-3-7392-3324-6

Die Handlung dieses Romans sowie die darin vorkommenden Personen sind frei erfunden; eventuelle Ähnlichkeiten mit realen Begebenheiten und tatsächlich lebenden oder bereits verstorbenen Personen wären rein zufällig.

1

Das Fahrzeug schruppte über eine Bodenwelle. Ich saß angeschnallt auf einem Klappsitz und schaute durch den schmalen Streifen zwischen Milchglasscheibe und Fensterstrebe auf die flache Landschaft des Weichseldeltas. Eine Ebene im Vormittagsdunst. Weite – mit einer Anordnung vereinzelter Bäume. Eine archaisch anmutende Landschaft, unterbrochen vom stählernen Gewerk einer weitgespannten Eisenbahnbrücke, über die sich ein Güterzug bewegte.

Willy, der auf einer Trage neben mir lag, griff mit seiner von Altersflecken übersäten Hand nach meinem Arm:
»Die bringen mich nach Danzig, nicht wahr?«

Ich nickte stumm, ohne den Blick von der Landschaft zu wenden und spürte, wie Willys Hand langsam meinen Arm entlang strich. Der Sanitäter, der am Kopfende von Willys Trage saß, verzog keine Miene. Er schien uns nicht wahrzunehmen.

Sie hatten Willy in Malbork ein starkes Beruhigungs- und Schmerzmittel gespritzt und seine Hand, die mich soeben noch berührte, hing nun schlaff an der Seite der Trage herunter. Ich griff nach ihr und platzierte sie neben Willys Oberschenkel.

Irgendwann erreichten wir die äußeren Stadtgebiete von Danzig. Die Kopernikusklinik lag zentral, einen Steinwurf vom Hauptbahnhof entfernt. Ein übrig gebliebener Zweckbau der Sozialismus-Epoche, mit modernen baulichen Elementen ergänzt.
Die Türen des Krankenwagens öffneten sich und zwei Sanitäter zogen die Trage aus dem Fahrzeug.
Inzwischen war die Besatzung unseres Krankenwagens ausgestiegen und auf dem Vorplatz der Klink fand Willys Umbettung statt.

Gemeinsam schoben wir Willy zur Notaufnahme im Parterre des Klinikkomplexes.

Einer der Sanitäter übergab der diensthabenden Krankenschwester einige Papiere, die sie mit kritischem Blick überflog: Dokumente und eine Röntgenaufnahme, die im Krankenhaus von Malbork gemacht worden war. Die Schwester nickte einige Mal zustimmend in Richtung der Sanitäter und deutete mir mit einer raschen Handbewegung an, ihr zu folgen.

Die Orthopädie befand sich im Erdgeschoß und der Flur, von dem rechter Hand einige Türen abgingen, war mit Personen bevölkert, die auf grauen Plastikstühlen oder in Rollstühlen saßen. Mit Kindern, die zitternd und weinend an den Händen ihrer Mütter zerrten. Die Schwester gab mir in einem unverständlichen Kauderwelsch zu verstehen, hier mit Willys Trage zu warten. Ich fixierte die Trage mit der

Bremse – nahe der Wand zwischen zwei Türen, die durch den Publikumsverkehr ständig auf- und zugeschlagen wurden.

Hinter den geschlossenen Türen hörte ich Kinder weinen und schreien; mir wurde mulmig und ich griff nach Willys Hand und begann, sie zu tätscheln. Willy, der fast leblos dalag und auf die Neonröhre über ihm an der Decke starrte, bemerkte fast trotzig:

»Ich habe keine Angst. Die haben mich die letzten Jahre einige Male aufgeschnitten und wieder zusammengenäht.«

Mir wurde übel und ich umklammerte fester die Stahlverstrebung von Willys Bettgestell. Ich wollte unter keinen Umständen vor den Augen des alten Mannes zusammenbrechen.

»Danke«, flüsterte Willy, »danke für alles was du für mich getan hast. Und das nach allem, was ich dir angetan habe.«

»Alles in Ordnung Willy. Mach dir keine Sorgen. Das ist das Mindeste, was ich für meinen alten Reisegefährten tun kann.«

Willy drehte seinen Kopf zu mir:

»Wie lange hat es eigentlich bei dir gedauert, bis du wieder auf die Beine gekommen bist?«

»Ich hatte keinen Oberschenkelhalsbruch und ich war nicht vierundachtzig Jahre alt.«

»Wie lange?«

»Es hat zwei Jahre gedauert, Willy, bis ich wieder gehen konnte. Ich habe ein Jahr im Bett verbracht. In einem Pflegeheim, auf einem speziellen Rollator, habe ich die ersten Schritte gemacht.«

»Was war das für ein Gerät?«

»Es war ziemlich hoch. Ich konnte meine Unterarme abstützen und mich dadurch voranschieben. Nach der langen Zeit im Bett waren meine Muskeln total erschlafft.«

»Ich denke, dann habe ich in meiner Situation die besten Chancen, nicht wahr?«

»Das wird schon wieder, Willy.«

Inzwischen hatte uns ein Pfleger herangewunken.

»Herr Burkhard, folgen Sie mir bitte.«

Minuten später befanden wir uns bereits in einem der Behandlungsräume, umringt von einer Handvoll Ärzte, die angeregt über Willys Zustand diskutierten. Ein Röntgenbild hing vor einem beleuchteten Monitor. Der deutschsprechende Pfleger fungierte als Dolmetscher:

»Wir müssen operieren. Besitzt Ihr Freund einen…? «

Er schien, einen Moment lang nach dem richtigen Wort zu suchen.

»Einen Pacemaker!«

»Yes, Yes«, stammelte ich, »er hat einen Herzschrittmacher.«

»Die Papiere sind in meiner Brieftasche«, flüsterte Willy.

Einer der Ärzte montierte eine Kanüle auf Willys Handrücken und setzte ein paar Spritzen, während ein anderer Arzt intensiv das Röntgenbild auf dem Monitor studierte.
»Wir müssen zügig operieren, was wegen des Herzschrittmachers kompliziert ist«, bemerkte der Pfleger. »Wahrscheinlich wird die Operation bei örtlicher Betäubung stattfinden.«
»Habt Ihr mal etwas zum Abwischen da«, bemerkte Willi ruhig, während ihm Blut den Handrücken hinunterlief. Einer der Ärzte warf ihm einen Lappen hin und Willi wischte seelenruhig das Blut ab, als hantiere er mit einem Wischmop auf einem feuchten Kellerfußboden.

Ich verließ den Raum und setzte mich im Flur auf einen der grauen Plastikstühle.
Wilhelm Burkhard, so hieß Willy mit vollem Namen, war am Ende seiner Reise angelangt. Bis hierher und nicht

weiter, wie man so schön sagt. Ich ertappte mich bei dem Gedanken, wie ich die Geschichte unserer gemeinsamen Reise erzählen könnte.
Chronologisch?
Beginnend beim Urschlamm, noch bevor mein neues Leben begann, mein geschenktes Leben, bevor ich Willy kennenlernte?
Gedankenverloren schüttelte ich den Kopf, bis ich bemerkte, dass der Pfleger vor mir stand.
»Geht es ihnen gut?«
»Ja danke, einigermaßen.«
»Soll ich ihnen einen Becher Wasser bringen?«
»Das wäre nett.«
Wenig später kam er mit dem Wasser zurück.
»Was werden Sie jetzt tun?«
»Erst mal ins Hotel nach Malbork zurückfahren und dort unsere Sachen zusammenräumen. Eine Tasche für meinen Freund packen, damit er etwas zum Anziehen hat. Das würde ich

Morgen vorbeibringen, wenn's recht ist.«
»Sehr gut. Wissen Sie, wie sie nach Malbork zurückkommen?«
»Nicht wirklich.«
»Vom Bahnhof, keine zehn Minuten von hier, fährt jede Stunde ein Zug ab.«
Ich nahm einen kräftigen Schluck Wasser.
»Wir werden ihren Freund morgen Vormittag operieren. Kommen Sie also nicht zu früh.«

2

Ich habe kaum Erinnerungen an mein Aufwachen – und gleichzeitig viele Variationen dieses Prozesses. Vielleicht, weil sich im Lauf der Zeit in meinem Gehirn eine Vorstellung meines Aufwachens etablierte.
Eine Konstruktion.
Es war wie Auftauchen aus schlammigem unergründlichem Gewässer: Das Kopfende meines Bettes war hochgestellt und ich saß diagonal nach hinten gelehnt, unweit eines geöffneten Fensters und schaute auf eine graue Landschaft.
Vielleicht eine Herbstlandschaft, eher Winter, und als eine Krankenschwester hereinkam, um das Fenster zu schließen, fielen reflexartig meine Augen zu.
Ich war nicht imstande, Fragen zu beantworten. Es war wie in einem Kindertraum, der besagt: Wenn man

nichts sieht, ist man selbst unsichtbar. Das hoffte ich.

Das Fenster wurde geschlossen und ein Hauch süßlichen Parfüms schmeichelte meiner Nase. Die Schwester verließ den Raum, eine Tür schnappte ins Schloss.

Ich war alleine. Ich schwamm auf einem imaginären Floß – mitten im Ozean. Ich war ein einsamer Punkt in einem gigantischen Universum.

Wie um alles in der Welt war ich in eine solche Situation geraten?

Dass mein Name Karl Reus ist, fiel mir sofort ein, ohne dass ich lange darüber nachdenken musste. Ich öffnete die Augen und fühlte mich schwach. Müde, wie nach einem langen Arbeitstag, einer großen Anstrengung.

Ich wusste nicht, ob ich gehen konnte, wenn ich versuchte aufzustehen. Meine Beine fühlten sich bleischwer an, als laste ein großes Gewicht auf ihnen. Aber sie *fühlten* sich an. Ich spürte sie.

Ein Mann in einem weißen Kittel betrat das Zimmer. An der Brusttasche seines Kittels war ein Plastikkärtchen mit einem Namensschild befestigt: Dr. Fred Wiechmann. Der Mann war glatt rasiert, mit leichten Schattierungen von Bartstoppeln. Seine randlose Brille mit den leicht getönten Gläsern konnten seine müden Augen kaum kaschierten. Im Gehen griff er nach einem Stuhl, den er seitlich an meinem Bett platzierte:
»Nun, wie geht es uns heute?«, fragte er freundlich.
Ich öffnete den Mund, um zu sprechen, aber ich war nicht in der Lage, einen Laut zu bilden. Es kam nichts außer einem Krächzen, dem Krächzen einer verendenden Krähe.
Meine Stimmbänder seien etwas in Mittleidenschaft gezogen, meinte der Arzt. Das liege an der langen künstlichen Beatmungsphase, in der ich mich befunden hatte. Zu diesem Zweck sei ein Tubus, eine Hohlsonde, bis in

meinen Rachen gelegt worden, um meine Zunge von der Rachenhinterwand fernzuhalten, und so eine künstliche Beatmung in jedweder Form zu gewährleisten.

Nun folgte eine Erläuterung der näheren Umstände, die mich an diesen Ort gebracht hatten. Ausgangspunkt war ein Tag im Juli vergangenen Jahres, an dem ich die Notaufnahme dieses Krankenhauses betreten hatte und dort gleich zusammengebrochen war – offensichtlich mit einer Sepsis. Daraufhin wurde ich in ein mehrmonatiges Koma versetzt und mein Körper mehreren, teilweise komplizierten Operationen ausgesetzt. In den vergangenen vier Wochen befand ich mich in der Aufwachphase.

Seit einigen Tagen sei ich schon in der Lage selbstständig zu atmen, weil meine Lungenfunktion gut sei, aber meine vermutlichen Schmerzen, unterdrückt durch einen Schmerzmittelkatheder, seien auf all diese Umstände

zurück zu führen, sagte der Arzt, mit einem freundlichen Lächeln:
»Jetzt geht es nur noch aufwärts.«
Er streckte mir seine Hand entgegen und ich versuchte den Arm zu heben. Er kam mir entgegen, nahm meine Hand und drückte sie.
»Sie werden ihre Physiotherapie in der nächsten Zeit bewusst erleben und dann werden sie sehen, wie…«
Er hielt einen Moment inne:
»Ich bin sicher, dass sie sich ins Leben zurückkämpfen werden. Wir reden wieder. Okay?«
Dann stand er abrupt auf und verließ den Raum; und ich versuchte, das Puzzle in meinem Kopf zusammenzusetzen.
Ich sei im Sommer letzten Jahres hier aufgekreuzt, meinte der Arzt. Es muss nach der Zeit gewesen sein, die ich in Nordfriesland mit Ruth verbracht hatte.
Ruth, die sich die Haare geschnitten hatte und verändert aussah. Die ge-

schwungenen Falten, zu beiden Seiten von ihren Nasenflügeln abgehend, standen sich in ihren Mundwinkeln wie Feinde gegenüber. Tiefe Gräben, vom Lachen ausgewaschen und von der grellen Sonne der Depression vertieft.
Wir saßen auf einer Bank in Dagebüll und sahen auf das Wattenmeer hinaus. In der Ferne schimmerte der dunkle Streifen Olands. Ein ungewöhnlich windstiller Tag und kaum Menschen auf den Deichen. So pragmatisch hätte es Ruth wohl formuliert, wenn sie unsere letzte Begegnung Revue passieren lassen würde. Die letzte Begegnung vor der Ewigkeit.

Ruth und ich kannten uns die lange Zeitspanne von fast vierzig Jahren. Aber zusammen, ein Paar, waren wir nur wenige Monate. Ich wusste, wie sie aussah, wenn sie ihre Nase schnäuzte und ihre Schuhe zuband, und dabei ihre kleinen Hände mit den

kurzen Fingern jederzeit zu verstecken versuchte. Aber ich wusste nicht, wie sie ihren Mann ansah, bevor sie sich liebten, und sich um ihre Kinder kümmerte, wenn sie krank waren oder Sorgen hatten.
»Es ist wie bei einem langsam verlöschenden Licht. Du siehst, wie es sich entfernt, und plötzlich ist es verschwunden.«
Mit diesem Satz drehte Ruth sich zu mir herum. In ihrem Blick glaubte ich, eine Spur Ratlosigkeit zu erkennen.
»Was?«
»Das ist mit unserer Liebe geschehen«, antwortete sie beiläufig.

Erinnerungsfetzen: Ich erreiche die Notaufnahme des Krankenhauses mit letzter Kraft. Ich schaffe es noch, mich im Warteraum auf einen Stuhl zu setzen. Um mich herum, Menschen mit leeren, gelangweilten Gesichtern. Eine Art Gruselkabinett in gestochenem Schwarz-Weiß fotografiert. Konturen,

Licht und Schatten – auf grobkörnigem Fotopapier. Dann nur noch Striche auf schwarzem Grund, die sich bewegten wie Strichmännchen in einem Animationsfilm und dann: Nichts.
Schlafen.
Träumen.
Ein endloses Eintauchen in kaum berührtes, geräuschloses Wasser.
Absinken, wie ein ins Meer geworfener Stein.
Warten auf das finale Nichts.
Nichtexistent.
Das Warten, bis jemand den Schalter umlegt.
Aus.
Jetzt erinnerte ich mich an den Schmetterling, der auf meiner Bettdecke saß und sich bei näherer Betrachtung in die Gestalt des Teufels verwandelte.
Nein, nicht des Teufels, sondern des Todes, schemenhaft wie hinter dunklen Schleiern, eigentlich gestaltlos,

kaum wahrnehmbar, wie wirbelnder dunkler Staub.

Darauf erfolgte eine erneute Verwandlung – in eine junge Frau. So wie kleine Kinder sich eine Fee vorstellen.

Die Fee reichte mir die Hand und die Szene ähnelte nun einer Traumsequenz eines kitschigen Filmes voller Weichzeichnermomente.

Trotzdem ging eine Unwiderstehlichkeit von ihr aus, etwas merkwürdig Unentrinnbares, Forderndes. Mit einer nie gekannten Sehnsucht ergriff ich ihr zartes Händchen und ließ mich bis zu einem riesigen hölzernen Tor führen, wo sich mir ein kafkaeskes Bild bot. Der Weg zu diesem Tor, die letzten fünfzig Meter, waren übersät mit ineinander verkeilten Holzkreuzen. Wie unüberwindliche Panzersperren türmte sich das Gebilde vor mir auf, und gerade, als ich mich aufmachte diese Hürde zu überwinden, verließ mich meine Fee; flog wie auf einem Luftzug getragen, federleicht davon.

Die Hürde erwies sich als unüberwindbar. Ich war nicht imstande, über eines dieser Kreuze zu klettern. Es war, als hielte mich etwas zurück, eine elementare Kraft, die mich am Kragen packte und festhielt. Eine Stimme aus einem imaginären Off ließ mir schließlich ausrichten, der Herr sei augenblicklich für mich nicht zu sprechen. Ich möge doch bitte ein anderes Mal wieder kommen, wenn die Zeichen günstiger stehen.
Im Nachhinein, denke ich, war das eine Nahtoderfahrung.

Nachdem Ruth gegangen war, blieb ich noch einen Moment auf der Bank in Dagebüll sitzen. Ein Moment, der drei Stunden dauerte oder mehr. Ich starrte in die Ferne und wusste, dass alles zu Ende war.
Es gab kein Zurück mehr, aber auch keinen Lichtschimmer, der nach Zukunft aussah. Selbst das Meer hatte sich zurückgezogen. Geblieben war

nur eine graue Fläche. Die Gegenwart war ein ausgestorbener Ort, dessen Bevölkerung schon lange das Weite gesucht hatte.

Irgendwann stand ich auf und fing an zu laufen. Den gepflasterten Weg auf der Deichhöhe entlang. Eine echte Herausforderung, bei der mir nach kurzer Zeit die Luft ausging.
Außer Atem starrte ich gebeugt auf meine Schuhe und dann auf die Deichkrümmung am Horizont: Auf den Schienenweg, den die Loren auf die Insel Oland nahmen.
Auf der anderen Seite der Deichhöhe befand sich ein Entwässerungsrohr, das, mit einem Betonmantel überzogen und einem eisernen Geländer, den Deichweg abgrenzte.
Ich hatte plötzlich die Idee, eine Abkürzung zu nehmen und kletterte über das Geländer. Dort rutschte ich mit dem Fuß am Betonsockel ab und

knallte mit meinem Schienbein gegen den scharfkantigen Stein.

Das war der Beginn meines Martyriums. Zuerst unterdrückte ich die höllischen Schmerzen, waren sie doch auch der Ausdruck meiner inneren Befindlichkeit. Dann ging ich leise stöhnend und humpelnd zu meinem Hotel zurück.

3

Gdańsk Główny heißt der Danziger Bahnhof, den ich nach kurzem Fußweg erreichte, nachdem ich Wilhelm in der Klinik, unter der Obhut seiner Ärzte zurückgelassen hatte.
In der Bahnhofshalle hielt ich zunächst Ausschau nach Fahrkartenschaltern, aber ich fand neben kleinen Geschäften, und Kiosken, nur Fahrkartenautomaten. Ich muss ziemlich verwirrt ausgesehen haben. Meine Bewegungen wirkten wahrscheinlich unkontrolliert und fahrig, denn plötzlich stand ein besorgtes altes Mütterchen vor mir, klein, mit rundem Gesicht, in dem unzählige Falten tanzten.
»Junger Mann«, sie zupfte mit ihren Gichtknotenfingern an meinem T-Shirt, »sind Sie Deutscher?«
Ich nickte kurz und sah mich nervös nach allen Seiten um.
»Wissen Sie, Danzig war nie deutsch – und auch nie polnisch. Danzig war

immer kaschubisch und wird es immer sein.«
Sie lachte und zeigte mir dabei die Trümmerlandschaft ihrer Zähne. Aber das Strahlen ihrer blauen Augen machte diese kleine Beschädigung wieder wett. Ich lächelte zurück und wurde ruhiger.
»Junger Mann, kann ich ihnen helfen?«
»Ich brauche eine Fahrkarte nach Malbork.«
»Ah, Malbork ist gut. Fährt jede Stunde ein Zug.«
Sie griff nach meiner Hand und führte mich zu einem der Fahrkartenautomaten, einem großen blechernen Kasten mit digitalen Leuchtfeldern: Schwarze Schriftzeichen auf hellem Grund. Sie schnippte mit den Fingern:
»Zloty!«
Ich zog einen Schein aus der Tasche. Diesmal rieb sie Daumen und Zeigefinger aneinander und lachte erneut. Ich gab ihr noch einen Schein. Mit ih-

ren Fingern drückte sie flink auf der Tastatur des Automaten herum, bis dieser eine Fahrkarte ausspukte.
»Wissen Sie, ich fahre öfter zu meiner Schwester nach Elbląg.«
»Gut, gut«, sagte ich, »vielen Dank. Ich danke Ihnen sehr.«
Sie zeigte in Richtung der Bahnsteige: »Geradeaus und dann links. Jede Stunde fährt ein Zug nach Malbork. Die Fahrpläne hängen dort hinten, in den Schaukästen der Unterführung.«
Beim Durchqueren der Schalterhalle hielt ich noch einmal an und schaute zurück. Das kleine Mütterchen hatte sich noch nicht vom Fleck bewegt und winkte mir unverdrossen zu. Ich war plötzlich so gerührt, dass ich um Fassung ringen musste, einen Moment in einer Abseite stehenblieb und tief Luft holte. Als ich mich danach erneut umschaute, sah ich die alte Kaschubin inmitten der strömenden Menschenmassen nicht mehr.

Als ich oben auf dem Bahnsteig stand und von dort auf die Silhouette von Danzig schaute, wusste ich plötzlich, an wen mich die alte Frau erinnerte.
In Gestik und Mimik ähnelte sie meiner Großmutter, bei der ich aufwuchs, nachdem mein Vater verschwunden war.
Meine Großmutter.
Es ist mir heute noch unbegreiflich, wie sie es damals geschafft hat, mich aus Rostock herauszuschmuggeln. Ich war fünf, höchstens sechs Jahre alt.
Die Mauer gab es damals noch nicht. Wahrscheinlich waren zu dieser Zeit solche Aktionen noch einfacher. Meine Großmutter hat nie über die damaligen Umstände gesprochen, und ich selbst kann mich nicht an mein Leben in Rostock erinnern. Ich bin ein Meister im Verdrängen.

Großmutter und ich wohnten in einer kleinen Wohnung in Lübeck, in der Yorckstraße. Aus dem Fenster unserer

Wohnstube im vierten Stock, konnte man die Wakenitz sehen, einen Fluss, der sich in Stadtmitte zu einem kleinen See auswächst und in der anderen Richtung in den Ratzeburger See mündet.

Das Zimmer, das während meiner Kindheit unser gemeinsames Schlafzimmer war, besaß ein Oberlicht, weil es als Raum zwischen zwei Zimmern keine Fenster besaß.

Wenn wir, jeder auf einer Seite des Raumes, im Bett lagen, konnten wir durch das Oberlicht hindurch in der Nacht den Mond und die Sterne sehen.

Die Yorckstraße: Eine idyllische Straße mit Kopfsteinpflaster, an deren Ende auf einem kleinen Spielplatz eine Bank stand, auf der man sitzend übers Wasser schauen konnte. Dort, auf der anderen Uferseite, standen die großen herrschaftlichen Häuser mit den gepflegten Gärten und den Bootsstegen, an denen kleine Jollen schaukelten.

Meine Großmutter hatte ihre Kindheit in Ostpreußen, in einem kleinen Ort in der Nähe von Königsberg, verbracht.

Das war zu Beginn des letzten Jahrhunderts, und nach ihren Erzählungen war sie überwiegend mit Gänsehüten beschäftigt, bis sie ihren Mann Karl kennenlernte und heiratete.

Ja, ich trage den Namen meines Großvaters, der jung gestorben war, nachdem er zwei Kinder mit seiner Frau gezeugt hatte: meinen Vater und dessen Schwester Marlene.

Marlene war der Grund für das traurig-melancholische Wesen meiner Großmutter, denn sie starb Ende 1945 mit gerade mal sechzehn Jahren an Lungenentzündung.

Großmutter hatte einen leeren Bilderrahmen auf unserer Anrichte in der Wohnstube stehen, weil kein Bild mehr von ihrer geliebten Tochter existierte. Angeblich, so erzählte sie, sei es auf der Flucht von Ostpreußen verloren gegangen. Eine schwarzweiße Fotografie, die sie genau beschreiben konnte. Die Porträtaufnahme eines jungen Mädchens, das ihr ganzes Leben noch vor sich hatte.

Dieser leere Bilderrahmen hatte etwas Unheimliches, etwas Mysteriöses. Als Kind wagte ich kaum, an der Anrichte hinaufzuschauen; und auch später noch war dieser Schnitt in der Biographie meiner Großmutter für mich immer noch spürbar. Wie eine nicht heilende Wunde.

Großmutter erzählte mir später, da war ich schon fast erwachsen, dass sich in diesem Bilderrahmen niemals eine Fotografie befunden hatte.

Ursprünglich existierte eine Fotografie ihrer Tochter in einem Fotoalbum, und war noch zu Lebzeiten von Marlene auf unerklärliche Weise plötzlich verschwunden. Nicht mehr auffindbar.

Der Bilderrahmen war nichts weiter als ein Symbol. Ein Wegweiser zur Erinnerung.

Ich war gerade einmal zwanzig Jahre alt, als meine Großmutter starb. Sie war auf unserer engen Toilette mit einem Hirnschlag zusammengebrochen und lag dort tagelang – bis sie starb; während ich für einige Tage, ahnungslos, einen alten Schulfreund besuchte. Ihr Tod kam plötzlich und unerwartet.

4

Gedankenverloren sah ich den Fahrgästen nach, die beständig Züge bestiegen oder verließen, um dann in den dunklen Gängen des Bahnhofs zu verschwinden.
Nach dem Schnellzug nach Warschau kam meine Bahn. Es wurde Zeit; ich begann bereits, in meinem dünnen T-Shirt zu frösteln und war froh, als ich endlich im geheizten Abteil saß.
Der Zug ruckelte langsam an der Peripherie der Altstadt vorbei und nahm erst in den Vororten Fahrt auf. Mit zunehmendem Schwung verließen wir die Vorstadt und ratterten dann mit Getöse ins offene Land, über das flache Delta.
Im sanften Licht des Nachmittags überquerte der Zug die Weichsel. Das Geräusch der Räder hallte an der stählernen Brückenkonstruktion wieder und ich blickte durchs Waggonfenster

auf den träge fließenden Fluss hinunter.
Unweit von hier, jenseits des Deltas, Richtung Nordosten, ereignete sich der Unfall.

Fast auf der gesamten Fahrt von Galiny nach Malbork war Willy in getrübter Stimmung gewesen. Er sprach kaum ein Wort, bis er mich plötzlich, es war schon später Nachmittag, anwies zu halten.
Ich erwiderte ihm, das sei bei laufendem Verkehr nicht so einfach. Ich müsse erst nach einem geeigneten Parkplatz Ausschau halten.
Wenig später hielt ich an einem schmalen Pfad, der von der Straße in ein kleines Waldstück führte, und brachte mein Fahrzeug zum Stehen. Ich hatte gerade den Zündschlüssel abgezogen, da hatte Willy sich schon aus dem Staub gemacht und humpelte ohne seine Krücke in Richtung des Wäldchens. Da ich auf den Verkehr

auf meiner Seite achten musste, konnte ich die Fahrertür nicht sofort öffnen und als ich endlich aussteigen konnte, war Willy verschwunden und nicht mehr sehen.

Kurze Zeit später fand ich ihn seitlich im hohen Gras liegend. Er sei gestürzt, auf der glatten feuchten Erde ausgerutscht und jetzt liege er wie ein Maikäfer auf dem Rücken und könne nicht mehr aufstehen, sagte er.

Sein rechtes Bein sah merkwürdig verdreht aus aber er beteuerte aufrichtig, keine Schmerzen zu haben. Er kam mit dem Oberkörper hoch und griff nach meiner Hand. Ich versuchte, ihn hochzuziehen, aber er sackte sofort wieder zu Boden.

Es dauerte über eine halbe Stunde, bis es mir gelang, ihn wieder auf die Beine zu stellen. Dann trug ich ihn unter größter körperlicher Anstrengung zum Auto.

Es war bereits dunkel, fast Nacht, als wir das Hotel erreichten.

Die ganze Aktion nach Willys Unfall hatte mich viel Konzentration und noch mehr Kraft gekostet.

Auf dem erleuchteten Parkplatz des Hotels in Malbork musste ich dann den verletzten Willy vom Beifahrersitz in den Rollstuhl hieven. Er sei nicht mehr in der Lage, einen Fuß vor den anderen zu setzen, meinte er. Das Adrenalin, das ihn bis dahin aufrecht gehalten hatte, war verpufft.

Willy musste in der darauffolgenden Nacht starke Schmerzen aushalten und war dann in den frühen Morgenstunden nicht mehr in der Lage, sich im Bett aufzurichten. Ich hatte ebenfalls, aus Sorge um ihn, kein Auge zugetan und war mit meinen Nerven und meiner Geduld am Ende.

»Ich werde einen Rettungswagen kommen lassen und dann bringen wir dich ins Krankenhaus.«

»Nee, lass mal. Das ist nicht notwendig. Ich schaffe das schon!«

»Was schaffst du schon?«
»Bring mich einfach nach Hause.«
»Du schaffst es nicht mal, ins Auto zu steigen, und während der Fahrt werden deine Schmerzen unerträglich sein und dann wird alles noch schlimmer.«

Die wenig später eintreffenden Sanitäter wussten sofort, was zu tun war, nachdem sie den alten Mann flüchtig untersucht hatten.
Einer der Männer bereitete sofort eine Spritze vor:
»Painkiller«, bemerkte er sachlich und drückte Willy die Spitze einer Kanüle in den Oberschenkel.
Zu dritt wuchteten wir ihn dann vom Bett auf die Krankentrage.
Der Fahrstuhl im Hotelflur war zu klein für unser Gefährt.
Also blieb uns nichts anderes übrig, als die Treppe nach unten zu benutzen.
Auf dieser Treppe wurden wir dann mit einem Platzproblem konfrontiert.

Wir mussten die Trage ständig verkanten und anschrägen und auf den schmalen Stufen nach unten balancieren. Der angegurtete Wilhelm ächzte bei jeder unserer Bewegungen, und unten in der Hotellobby angekommen, schnappten wir alle nach Luft wie an Land gespülte Fische.

Am späten Nachmittag erreichte der Zug den Bahnhof von Malbork.
Als ich ausgestiegen war und vor dem Bahnhofsgebäude stand, hatte ich die Orientierung verloren. Ich wusste nicht mehr, wie ich von hier zum Hotel kommen sollte. Nicht einmal der Name des Hotels fiel mir ein.
Das Hotel lag, so erinnerte ich, in der Nähe der Marienburg. Das wusste ich noch. Vom Hotelzimmer aus konnte man auf die beleuchteten Türme der Burg blicken.
Ich bewegte mich also erst einmal in Richtung Stadtzentrum.

Oft, so überlegte ich, gab es dort Schautafeln mit Stadtplänen darin, auf denen man sich orientieren konnte.

Die Stadt, so erschien es mir, war unauffällig um die riesigen Burganlagen herum gebaut worden.

Im Stadtzentrum angelangt, entdeckte ich einen Wäscheladen und kaufte spontan für Willy einen neuen Schlafanzug.

Ich verließ den Laden mit einem guten, einem herzerwärmenden Gefühl und passierte ein Reiterdenkmal, auf dem einer der polnischen Könige sein Zepter schwang.

Auf einem offenen Platz in der Innenstadt entdeckte ich tatsächlich einen Schaukasten mit einem Stadtplan darin.

Ich befand mich ganz in der Nähe der Burg, und dahinter oder daneben war sicher die Straße zu finden, in der sich unser Hotel befand.

Wenig später ging ich durch ein historisches Stadttor und erreichte einen kleinen Park, an den sich bereits das Burggemäuer anschloss.

Ein Weg entlang einer Mauer führte mich nach unten, zum Ufer der Nogat.

Ich ging bis zu einer Holzbrücke, die sich über den Fluss spannte, und dann ein Stück die Brücke entlang. Auf der anderen Uferseite blinkte die Leuchttafel eines Hotels. Die Leuchtschrift kam mir bekannt vor. Es war das Hotel, in dem Willy und ich am vorherigen Abend abgestiegen waren.

Im Schilf, das im Halbdunkel vor mir lag, war ein kleines Boot vertäut, das sanft auf den Wellen schaukelte.

Ich stellte meine Tüte mit dem Wäschestück vor mir an das Holzgeländer, lehnte mich erschöpft mit den Ellenbogen auf das kalte Holz und sah traurig auf den Fluss hinunter.

5

Schwester Laura war eine große kräftige Frau ohne ein Gramm Fett am Körper. Ihre Statur erschien stromlinienförmig und unglaublich anpassungsfähig; als wäre sie aus Gummi. Sie hatte schwarzes, leicht gewelltes Haar und dunkle Augen. Laura konnte mit ihren Händen Wunderdinge vollbringen. Sie war meine Physiotherapeutin, die mich schon länger kannte als ich sie, was uns im Nachhinein immer wieder amüsierte.

Sie erzählte mir, wie sie regelmäßig während meines langen Schlafes meine Hände massierte. Die Hände, die Arme und die Beine.

Aktiv-passiv, wie sie so schön sagte. Massieren, Reiben und Drücken und Ziehen. Massieren, Reiben und wieder Drücken und Ziehen. Unendlich oft.

Ich habe nicht bewegt, ich wurde bewegt, weil die Rückbildung an Muskelmasse bei meiner Art von künstlichem Schlaf und einem derart langen Zeitraum eklatant war. Der Arzt sagte, es sei extrem wichtig, den Patienten möglichst schnell zu bewegen, ihn möglichst noch mit Beatmungsschlauch auf die Bettkante zu setzen. Ich erinnere mich nicht mehr daran.

Inzwischen hatte ich Sprechen und Aufstehen und ein bisschen Gehen trainiert und gelernt und Dr. Wiechmann saß an meinem Bett und stellte mir Fragen.
»Sie hatten in der ganzen Zeit ihres Aufenthaltes fast keinen Besuch. Haben sie keine Angehörigen?«
Ich begann nachzudenken. Länger als gewöhnliche Menschen nachdenken – vermutlich.
»Nein. Meine Angehörigen sind tot. Unter Umständen lebt meine Mutter noch.«
Das Wort fühlte sich falsch an.
»Das tut mir leid.«

»Schon gut. Ich habe sie nie gekannt.«
Dr. Wiechmann schaute verlegen zur Seite, den Augenkontakt vermeidend.
»Meine ersten Jahre habe ich mit meinem Vater verbracht. Eine Zeit ohne eine Spur von Erinnerung. Als er verschwand, nahm mich meine Großmutter zu sich. Aber die ist mittlerweile auch fast vierzig Jahre tot und ich lebe immer noch in unserer gemeinsamen Wohnung. In der Yorckstraße.«
Dr. Wiechmann hob den Kopf und sah mich direkt an: »Schöne Wohngegend.«
»Deshalb bin ich nie weggezogen.«
»Nic verheiratet gewesen?«
»Hat sich nicht ergeben. Wahrscheinlich bin ich bindungsgestört.«
Dr. Wiechmann drehte seinen Kopf zur Seite. Ich sah, wie er schmunzelte.
»Der einzige Mensch, der sich nach Ihnen erkundigt hat, ist ein gewisser Herr Schumann. Der hat Sie einmal besucht.«

»Rolf Schumann ist ein Arbeitskollege von mir. Wurde wahrscheinlich von unserem Chef geschickt, um zu hören, ob er meine Personalakte löschen kann.«

»Stimmt. Wir haben eine Visitenkarte in ihrem Portemonnaie gefunden und Ihre Firma informiert.«

»Und, kann er?«

»Bitte?«

»Meine Personalakte löschen?«

Dr. Wiechmann rutschte nervös auf seinem Stuhl hin und her.

»Was haben Sie in Ihrer Firma gemacht?«

»Ich bin in einer Serviceagentur angestellt. Harte körperliche Arbeit. Kartons auspacken, mit Ware umgehen. Viel Auto fahren.«

»Das können sie erst mal alles vergessen. Tut mir leid. Sie waren schwer krank. Sie sind dem Tod von der Schippe gesprungen.«

Der Arzt beugte sich mit einer fürsorglichen Geste in meine Richtung. Für einen Moment verfinsterte sich sein Antlitz.

»Sie hatten sich einen aggressiven Keim eingefangen, der systematisch versuchte, Ihren Körper zu zerstören. Wir mussten große Teile Ihrer Haut vom Fuß bis zum Oberschenkel entfernen und neue Haut, die wir anderen Teilen Ihres Körpers entnahmen, verpflanzen. Das ist kein Pappenstiel. Das sind Umstände, an denen Sie noch Jahre lang ihre Freude haben werden. Sie haben Wunden an ihrem Körper, die lange Zeit brauchen werden, um zu heilen.«

Jetzt machte ich eine abwehrende Handbewegung:

»Es ist genug.«

»Ich möchte nur, dass Sie sich über Ihre Situation im Klaren sind. Sie werden für lange Zeit im wahrsten Sinne des Wortes dünnhäutig sein.«

»In Ordnung. Ich habe verstanden.«

»Sie sind jetzt sechzig Jahre alt. Es ist Zeit, über Ihre Rente nachzudenken und nicht darüber, ob Sie bei Ihrer Firma weitermachen können; zumal Sie hier noch nicht so schnell rauskommen.«

»Vielen Dank für diesen umfangreichen Aufbaukurs.«

Dr. Wiechmann verschränkte seine Arme vor der Brust:

»Dafür nicht. Es ist Zeit für eine Zäsur Herr Reus.«

Einige Zeit später: Ich lag mit meinem immer noch bandagierten rechten Bein im Bett und starrte auf die Decke über mir, auf die zierlichen Muster, die wie Adern unter der Haut, auf der weißen Fläche der rau gefaserten Fläche verliefen. Eine zart angedeutete Landschaft. Eine Spielfläche für Gedanken. Wie schön und rätselhaft die Welt sich offenbart, wenn man genau hinsieht.

Meine Situation bestand also nicht nur aus einer Sackgasse in einem Hinterhof zur Vorhölle.

Nein.

Ich war noch am Leben. Ich hatte überlebt, obwohl ich längst hätte tot sein können. Etwas hatte mir eine neue Chance gegeben. Ein neues Leben geschenkt. Zugegeben, es fühlte sich noch etwas holprig an. Aber immerhin.
Langsam hob ich meinen Arm. Es war mir möglich, nach den Sternen zu greifen, obwohl ich das zuvor niemals getan habe.

Nach einer unserer täglichen Therapiestunden fragte ich Laura, ob es hier in der Klinik für mich etwas zu lesen gebe.
Am anderen Tag brachte sie mir ein Buch mit. *Mein Reisetagebuch* stand auf dem Einband. Dann griff sie in ihre Tasche und brachte zwei Stifte zum Vorschein. Sie musste lächeln, als sie mein verdutztes Gesicht sah.
»Es tut Ihnen gut, Ihre Finger etwas zu bewegen. Außerdem haben Sie sicherlich eine Menge zu erzählen.«

»Ich weiß nicht so recht, wohin die Reise geht.«
»Sehen Sie sich um.«
»Wenn ich ehrlich bin, ist mein Leben augenblicklich ziemlich ereignislos. Bedeutungslos.«
»Wenn Sie es aufschreiben, gewinnt es an Bedeutung.«
»Haben Sie letzte Nacht einen Philosophiekurs besucht?«
Laura drückte mir energisch einen Stift in die Hand.
»Schreiben Sie, und ich bringe Ihnen morgen etwas zum Lesen.«
»Versprochen?«
Laura verließ das Zimmer und ich sah, wie eine große Fliege die Fensterscheibe entlang krabbelte. Während ihres Spaziergangs über das glatte Glas hielt sie immer mal wieder inne, bewegte sich kaum, schien zu beobachten. Ich stellte mir vor, wie sie durch das Glas hindurch auf die Landschaft schaute und fragte mich, was sie sah, oder wie sie es sah. Sie

schaute hinaus und ihre dünnen Beine begannen zu zittern; und ich griff nach dem Stift und meinem Reisetagebuch.

Mit dieser Beschäftigung begann für mich eine neue Zeitrechnung.
Laura brachte mir am nächsten Tag die versprochene Lektüre.
Ich schrieb und begann zu lesen, wie ich es seit dreißig Jahren nicht mehr getan hatte.
Nebenbei unterzog ich mich fleißig meinen umfangreichen Rehamaßnahmen, die mich zuerst vom Klinikum in eine Rehaeinrichtung führten, und später sogar in ein Pflegeheim, wo ich wieder richtig gehen lernte.

6

Juli 1973. Meine erste Fahrt über den Hindenburgdamm, den Eisenbahndamm, der das Festland mit der Insel Sylt verbindet.

Die Leere des weiten geriffelten Wattenmeers: Eine Landschaft wie von einem anderen Planeten, die sich durch einen mir verborgenen Kunstgriff in unserer irdischen Realität spiegelt.

Ich sah in diese dunstige Welt wie in eine ungewisse Zukunft.

Dabei war meine Zukunft keineswegs ungewiss. Ich war hier, um meinen Wehrdienst in der Marineversorgungsschule List auf Sylt anzutreten und das erste Mal von zu Hause weg.

Ich hatte meine Großmutter, die bereits tot war, und die Yorckstraße in Lübeck hinter mir gelassen und ich bemerkte an mir keinerlei Spuren von Heimweh. Zu aufregend und anders war diese neue Welt.

Von List zum Weststrand: die Dünengebirge, dazwischen die Täler mit blühendem Heidekraut, die anbrausenden Wellen, die langen Spaziergänge an der Wellenlinie entlang vom Ellbogen bis nach Westerland.

In Westerland von der Kurmuschel die Friedrichstraße hinunter, bis zum Versteck, der Kneipe, mit dem langen schmalen Eingangsbereich, durch den man sich hin durchzwängen musste wie durch einen Geburtskanal und dann: Ruth.

Sie saß mit ihren Freundinnen in der hintersten düsteren Ecke an einem runden Tisch, an dem noch ein Platz frei war, und an den ich mich setzte.

Ruth, die mit den Steinen sprechen konnte, die schon damals die Natur über alles liebte. Ruth, mit der ich die Insel erkundete auf langen Spaziergängen.

Wir lagen oft in den Dünen, schauten in den Himmel; erzählten uns Ge-

schichten aus unseren noch so jungen Leben.
Ich hatte immer einen Fotoapparat dabei und fotografierte wie manisch. Wie um etwas zu bewahren, etwas festzuhalten, was mir zwischen den Fingern zu zerrinnen drohte wie Sand.
Ruth in allen Positionen: Mal nachdenklich, den Kopf auf den angewinkelten Arm gestützt.
Mal freudig, frontal, in die Kamera lachend.
Ein anderes Mal, die Dünen hinaufkletternd, die Arme in den Himmel gestreckt: ein Schlachtruf der Freiheit.
Dann unverständlich traurig, wie hoffnungslos und für mich unerklärlich, wie auf unserem nächtlichen Spaziergang vom Witthüs in Wennigstedt nach Westerland.
Gerade hatten wir uns unter einer Straßenlaterne geküsst und uns unsere Liebe gestanden.
Dann, am Spalier der Hagebuttensträucher, auf dem Weg nach Hause,

der Zusammenbruch und ihr fast tonloses Schluchzen, während ich meine Schritte verlangsamte und sie vor mir hergehen ließ.

Fassungslos sah ich auf ihren leicht gekrümmten, vor Trauer bebenden Körper.

Ruth wusste damals, warum sie weinte.

Ich habe es nicht gewusst. Den übermächtigen, vom Wind verwehten Dünen gleich, waren alle unsere Träume auf Sand gebaut.

7

Nach der Entlassung aus dem Pflegeheim kam das große Unwohlsein. Das Gehen bereitete mir große Mühen. An weite Entfernungen zu Fuß war noch nicht zu denken. Allein der beschwerliche Weg vom Taxi, das mich vom Pflegeheim bis vor die Haustür in die Yorckstraße fuhr; der schmale steingepflasterte Weg durch den Vorgarten hindurch ins Treppenhaus und dann die ich weiß nicht wie vielen Stufen bis zu meiner Dachwohnung verausgabten mich bis zur Erschöpfung.
Dazu das Gefühl, wie auf weichem Gummi zu gehen. Nicht direkt ein Schwindel, aber eine körperliche Desorientierung, die den Gedanken nahelegte, vom Kopf her nicht richtig einjustiert zu sein.
Nicht zuletzt quälte mich der Umstand, dass alles nicht passiert wäre, wenn Ruth sich damals auf dem Deich anders verhalten hätte. Wenn Ruth

unsere Beziehung nicht auf diese Weise beendet hätte.

Ich stellte mir vor, wir wären stattdessen gemütlich in der trüben Nachmittagssonne zu der Gaststätte hinter dem Deich spaziert, hätten in dem kuscheligen Lokal einen Nachmittagstee zu uns genommen und uns wie immer gegenseitig unsere unterschiedlichen Realitäten erzählt.

Oder darüber philosophiert, warum das Leben schneller vergeht, wenn man älter wird. Ruth hätte bestimmt mit dem Sanduhrvergleich argumentiert.

»Durch alte Sanduhren rieselt der Sand schneller, weil die Körnung des Sandes, den schmalen Durchlauf des Glases, Jahr um Jahr vergrößert.«

Ich stelle mir vor, dass irgendwann eine Kerze zwischen uns auf dem Tisch angezündet wurde, während draußen das Licht des Tages langsam verschwand.

In dieser Version der Geschichte wäre ich nicht in meiner Verzweiflung an dem Geländer am Deich ausgerutscht. Es gäbe keine folgenschwere Wunde, keine fast endlose Verzweiflung.

Immer wieder Ruth.
Ruth, die mit ihren Freundinnen in einem der unzähligen Kinderheime arbeitete, die überall auf der Insel zu finden waren, war damals zu ihren Eltern gefahren, die irgendwo in Süddeutschland lebten, weil ihr Vater schwer erkrankt war.

Es vergingen einige Wochen und in dieser Zeit begann ich mit meinen Aufzeichnungen. Das Schreiben war, ähnlich wie das Fotografieren, dazu da, Teile des Erlebten festzuhalten, und es zu strukturieren. So hoffte ich, dem Vergessen entgegenzuwirken, indem ich die noch so simpelste Kleinigkeit aufzeichnete.

Ja, es begann mit Ruth. Sie war die erste Inspiration. Das Leben.
Nachdem ich auf drei vorangegangene Briefe keine Antwort erhalten hatte, schrieb ich an Ruths Heimatadresse eine Postkarte, die ich mit der Zeichnung einer weinenden Regentonne schmückte, inspiriert von *Cat Stevens Mona Bone Jakon* Plattencover.

Eines Tages traf ich Lisa, eine Freundin von Ruth, zufällig im Wimpy in der Friedrichstraße. Ich erinnere mich an diese Begegnung, als wäre es gestern gewesen.
Das Wimpy war zu jener Zeit mein Stammlokal.
Unvergleichlich schmeckte dort der Eisbecher mit Vanilleeis und Bananenstücken, mit Schokosplittern bestreut, und einem krönenden Sahnehäupchen garniert: Banana Split.
Ich saß also über meinem Bananasplit, als Lisa plötzlich vor mir stand, und sich ein interessantes Gespräch zwi-

schen uns entwickelte. Ich kaute noch an einem Stück Banane, als Lisa sich wortlos an meinen Tisch setzte und sich einen Wimpy Burger bestellte. Wimpy war ein Vorläufer der McDonald's- und Burger King-Ära – allerdings ein Laden mit mehr Personal, echtem Geschirr und Bedienung. Freundliche junge Menschen mit lustigen Schürzen, die von Tisch zu Tisch hasteten und die Bestellung aufnahmen. Der Wimpy Burger war eine mit Käse und einer Ananasscheibe belegte Frikadelle, die, mit Ketchup und Pommes Frites garniert, auf einem Porzellanteller angeboten wurde.
Lisa war der Typ beste Freundin und ich wusste, dass Ruth und sie in ihrer Freizeit viel zusammen rumhingen, wie man damals sagte. Nach einigem Vorgeplänkel und einigen genussvollen Kaugeräuschen versuchte ich die Sache auf den Punkt zu bringen.
»Schon mal wieder was von Ruth gehört?«

»Seit ihrer Verlobung nichts mehr.«
Ich hatte eben mit meinem Eislöffel die Vanillekugel bearbeitet und ein Stück mit einem gehörigen Klecks Sahne auf den Löffel gehäuft und zum Mund geführt, als ihre Antwort bei mir ankam. Ich ließ langsam den Löffel sinken. Es war ein Gefühl, als wenn man Wasser aus der Badewanne lässt. Ein unmenschliches Gluckern.
»Entschuldigung. Ich glaube, ich leide an einem Tinnitus, der verhindert, dich zu verstehen. Kannst du deinen letzten Satz nochmal wiederholen?«
»Seit ihrer Verlobung habe ich Ruth nicht wieder gesehen.«
»Verlobung? Mit wem?«
»Na, mit Kurt.«
»Welchem Kurt?«
»Oh mein Gott, ich dachte du wüsstest alles.«
Mit gespielter Ruhe schabte ich die Schokosplitter von der Banane und tat so, als wäre mir der Appetit nicht vergangen.

»Ich weiß von nichts.«
»Es tut mir leid Karl. Ruth erzählte mir, du wüsstest von der ganzen Sache und würdest es tolerieren. Für Karl bin ich nur eine Art Sommerlove, sagte sie.«
»Und das hast du ihr geglaubt?«
»Nun ja. Sie hat in dieser Zeit viel geweint. Das ist mir schon aufgefallen. Aber dann waren ihre Argumente einleuchtend.«
»Was für Argumente?«
»Sie kennt diesen Kurt seit ihrer Schulzeit. Sie ist ihm versprochen.«
»Was bedeutet das nun wieder?«
»Ruth kommt aus einem kleinen nordhessischen Ort und ist streng katholisch. Glaube mir, es gibt dort Zwänge, von denen wir beide keine Ahnung haben.«
Lisas Wimpy Burger wurde geliefert.
Sie stocherte auf der Oberfläche ihrer Ananas herum, spießte sie dann abrupt auf ihre Gabel und führte sie entschlossen zum Mund.

Ich hatte meinen Eisbecher nebenbei verspeist, als hätte er sich hinter einer dicken Panzerglasscheibe befunden, durch die ich, unter einem starken Narkotikum stehend, hindurch fassen konnte. Aber das Narkotikum tötete den Geschmack.
Lisa wischte sich mit einer Serviette über den Mund. Sie wirkte verunsichert.
Wahrscheinlich wäre sie am liebsten aufgestanden. Aber sie ergriff meine Hand und drückte sie fest.

Kurze Zeit später verabschiedeten wir uns und ich ging durch die Friedrichstraße bis zur Kurmuschel; setzte mich dort auf eine Bank, unmittelbar vor die Bühne, die verlassen und verloren dalag, als würde sie nie wieder ein Musiker betreten.
Ruth liebte es, hier zu sitzen und die Musik auf sich wirken zu lassen; und ich teilte ihre Faszination.

Jetzt war alles ruhig. Ein paar fette Möwen stolzierten über den menschenleeren Platz, begierig nach Nahrung Ausschau haltend.

Ich hatte bald genug von der Szenerie und nahm die Treppen zum Strand.

Ich beschloss, ins Wasser zu gehen und nie wieder aufzutauchen.

Die See war ruhig. Sie ließ harmlose Wellen die Strandlinie lecken. Ein kleiner Krebs kreuzte meinen Weg und weit draußen am Horizont zog gemächlich ein Schiff vorbei.

Ich stand da und starrte aufs Wasser und änderte sofort meinen Entschluss. Alles in dieser Umgebung schrie nach Leben.

Einige Wochen später kam ein Brief von Ruth, der alles erklärte, das heißt, sie versprach darin, mir in absehbarer Zeit alles zu erklären. Eigentlich war dieser Brief eine Liebeserklärung, was mich zusätzlich verwirrte.

Jedenfalls war es der Beginn unserer jahrelangen Odyssee. Ja, so könnte man es bezeichnen. Wir telefonierten miteinander, wir trafen Verabredungen, die wir einhielten. Wir trafen Verabredungen, die wir nicht einhielten. Wir sahen uns in die Augen und waren verliebt wie am ersten Tag; oder wir waren uns fremd und mussten uns zwingen, einander neu kennenzulernen.

Wir verletzten uns und wir vergaben uns, aber wir lebten niemals miteinander. Wir hatten nie einen gemeinsamen Alltag.

Dennoch war da diese Verbundenheit, dieses unzertrennliche Band, dieser störrische Knoten.

Immer wieder Ruth.

Ruth legte sich wie ein Schatten auf meine kranke Seele – auf meinen geschundenen Körper. Vielleicht wurde sie langsam Teil meines baldigen Sterbens.

Fast unbeweglich war ich geworden, fast gelähmt – mit meiner schwerfälligen Schildkrötenaura.

Viele Tage lang lag ich auf meiner Couch und hörte Musik. Was früher für mich den puren Genuss bedeutete, war nun eine eigentümliche Qual. Mir fehlte die Konzentration, mich auf die Musik einzulassen. Sie floss durch mich hindurch wie Wasser durch ein Sieb.

8

Die Talfahrt war noch nicht zu Ende.
Durch das monatelange Liegen hatte sich das Sprunggelenk meines linken Fußes versteift, was dazu führte, dass ich humpelte.
Konnte ich meinen Mitmenschen einen jämmerlicheren Anblick zumuten?
Meine Zeit des Vegetierens begann.
Ich verließ meine Wohnung nur noch, um Lebensmittel zu besorgen; in dem kleinen Supermarkt um die Ecke. Dabei achtete ich darauf, nicht gesehen zu werden.
Wie ein nervöser Vogel blickte ich mich nach allen Seiten um.
Ich wollte nicht jedem ein Bild des Jammers und des Selbstmitleids zeigen.
Gefüllte Müllsäcke stapelten sich im Flur meiner Wohnung. Ich fühlte mich nicht in der Lage, sie nach unten auf

die Straße zu stellen. Ihr mal ranziger, mal fauliger Gestank verbreitete sich in der gesamten Wohnung und vereinigte sich mit dem Geruch ungewaschenen Geschirrs in der Spüle. Auf den angetrockneten Essensresten meiner Teller tummelten sich Heere von Insekten. Im Badezimmer auf der Waschmaschine stapelte sich ungewaschene Wäsche, schmutzige Handtücher, Waschlappen.
Unterdessen krabbelte ich wie ein Tier zwischen Bett, Küche und Badezimmer hin und her.
Wenn ich aus dem niedrigen Küchenfenster schaute – in meiner Küche konnte ich nicht aufrecht stehen – sah ich Antennen aus den Dächern der umliegenden Häuser ragen und sie erschienen mir wie Relikte eines fremden Planeten. Ich sah hinaus und erkannte nichts, sah nichts. Die Kladde mit meinen Aufzeichnungen lag unberührt auf den ungelesenen Büchern im Regal.

Worüber sollte ich auch schreiben? Über die Taube auf dem Dachfirst gegenüber, die ständig zu mir herüber glotzte; mit nervös zuckenden Kopfbewegungen?

Früher öffnete ich mein Fenster und ich sah – in die Zukunft. Heute ertrank ich in Selbstmitleid.

Vielleicht lag mein desolater Zustand an den Medikamenten, die ich noch immer gegen die Schmerzen nehmen musste. Bestimmt, so redete ich mir ein, handelte es sich dabei um süchtig machende Opiate, die Halluzinationen erzeugen.

Aber wenn ich sie in einem Anflug von Tollkühnheit einfach wegließ, kam der Schmerz sofort zurück. Ein unerträglicher Druckschmerz auf den Fußsohlen, der jede Bewegung zu einem Martyrium machte.

Im Innern meines kranken Beines konnte ich keinen Schmerz empfinden, weil Nerven und Lymphgewäch-

se während der Zeit meines langen Schlafes operativ entfernt wurden.
Immerhin musste ich mich nicht mehr windeln. Zu Zeiten meines Pseudomonas, in denen mein Bein tropfte wie eine im Regen vergessene Zimmerpflanze, verbrauchte ich Wagenladungen von Windeln und Mullbinden. Verglichen damit war mein jetziger Zustand moderat. Meine aktuellen Probleme waren ausschließlich psychischer Natur.

Dann geschah etwas gänzlich Unerwartetes.
Eines Tages wurde ich vom Drang aufzuräumen überwältigt. Es war ein Gefühl von zunehmender Bedrohung. Ich drohte, in meiner Müllbude zu ersticken und das glaubte ich, verhindern zu müssen.
Ein Indiz für meine allmähliche Gesundung?

Ich raffte mich in Minutenschnelle auf, öffnete meine Wohnungstür und trug meine Müllsäcke nach unten.

Nachdem ich ein paar Mal voll beladen die Treppen hoch und runter gegangen war, brach die absolute Erschöpfung über mich herein.

Ich sackte benommen auf meinem aufgeräumten Flur zusammen. Mit dem Kopf auf dem Teppichboden starrte ich auf das kleine Holzschränkchen, in dem auf zwei Etagen Schuhe standen. Auf der unteren Ebene schimmerte ein merkwürdiger Gegenstand, der seltsam deplatziert wirkte. Auf allen Vieren bewegte ich mich zu dem Schrank, nahm zwei Paar Schuhe, die im Wege standen, zur Seite und zog einen rotmelierten Pappkarton unter dem Schrank hervor, den ich vorher noch nie gesehen hatte.

Ich hob den Deckel an und blickte auf ein kleines rechteckiges Fotoalbum, aus dem, als ich es anhob, eine Anzahl

Fotografien fiel. Ohne Zweifel: das Fotoalbum meiner Großmutter.

Ein Album aus schwarzem Papier und bräunlich marmoriertem Einband, das ausnahmslos Schwarzweißaufnahmen enthielt. Auf einer der Seiten befanden sich Fotografien aus den vierziger Jahren, auf denen Personen abgebildet waren, die ich noch niemals gesehen hatte, und immer wieder meine Großmutter – als junge Frau, in verschiedenen Arrangements. Auf einer Seite befanden sich nur vier weiße Fotoecken. Hier war irgendwann ein Bild entnommen worden.

Mir wurde plötzlich siedend heiß, weil ich mich sofort an den leeren Bilderrahmen auf unserer Anrichte erinnerte. An das nicht vorhandene Porträt meiner Tante Marlene und daran, dass diese Aufnahme irgendwann wahrscheinlich in dieses Fotoalbum gehört hatte. Großmutter hatte damals von einem Album gesprochen.

Ich nahm das Album, sammelte die herausgefallenen Fotos ein und platzierte alles auf den Küchentisch. Dass ich mich etwas ungeschickt anstellte und mit dem Ellbogen einige Bilder wieder vom Tisch fegte, war meiner Nervenlage geschuldet. Ich stand unter Spannung und ich war neugierig.
Ich bückte mich nach den Aufnahmen und hielt plötzlich ein Jugendbildnis meiner Großmutter und ein Bild, das meinen Vater und mich zeigte, in der Hand.
Mein Vater und ich.
Bislang hatte ich keine Erinnerung.
Das Foto wurde am Rande einer Landstraße gemacht; eigentlich sah es eher wie ein unbefestigter Weg aus, in der Nähe von Schrebergärten. Mein Vater trug Hut und Mantel und ich war vielleicht vier oder fünf Jahre alt – und reichte ihm gerade bis zur Höhe seines Hosenbundes. Ich lehnte ganz nah an seinem Körper und er hatte eine Hand sachte auf meinen Kopf ge-

legt, so als wolle er mir sanft übers Haar streichen.
Ich legte das Bild vor mir auf den Tisch und ging voller Unruhe ins Badezimmer, wo ich spontan schmutzige Handtücher in meine Waschmaschine stopfte.
Beim Arbeiten, beim Verrichten notwendiger Tätigkeiten konnte ich schon immer gut nachdenken.

So wurde langsam in mir ein Schalter umgelegt.
Ich erkannte so etwas wie einen Sinn, zuerst noch nebulös, etwas undefinierbar, dann zunehmend klarer.
Die Tage wurden wieder heller. In meinem Innern begann wieder ein Licht zu flackern.

Selbst Ruths endgültige Abkehr, das Ende dieser jahrzehntelangen Beziehung erschien mir plötzlich in einem anderen Licht.

Ich empfand beinahe so etwas wie Dankbarkeit für die gemeinsam verbrachte Zeit, wenn sie auch letztlich nur ein paar Tropfen Wasser in einem Fingerhut war. Vielleicht war sie gerade deshalb so kostbar für mich geworden.
Vielleicht konnte die Erinnerung daran etwas bewahren, das Paare in einer jahrelangen täglichen Beziehung schon lange verloren hatten.
Ja, letztenendes war es eine Beziehung ohne Abnutzungserscheinungen gewesen.

Großartig, zu so einer Erkenntnis zu gelangen, dachte ich, und steigerte mich in eine euphorische Stimmung hinein.
Ich stellte mir vor, wie ich diesen emotionalen Schatz in meinem Innern bewahren würde. Wie einen Garten mit seltsamen, immer blühenden, wunderschönen Blumen und Pflanzen,

dessen Pflege so etwas wie eine Lebensaufgabe für mich wäre.

9

Ich las den Namen von Wilhelm Burkhard zum ersten Mal auf der Rückseite einer Postkarte, die ich inmitten der alten Fotografien fand. Eine Postkarte mit einem Bildmotiv der Insel Hiddensee: Strandmotiv mit Wellen, leicht vergilbt – mit einer Patina von Zeitlosigkeit versehen, die mich dazu verführte, das Bild länger zu betrachten. Die Karte war an meinen Vater adressiert. 1961, wenige Tage nach dem Mauerbau, geschrieben, wurde dieses Ereignis darin mit einer für die damalige Zeit üblichen Teilnahmslosigkeit erwähnt. Alles sehr realistisch ohne größere Emotionen. Man musste damals damit rechnen, dass die Post gelesen wurde, Postkarten sowieso.

Vater arbeitete damals in einem Zeichenbüro des Wohnungsbaukombinats Rostock, in dem öffentliche Bauten wie Krankenhäuser, Schulen und Kindergärten projektiert wurden. Großmutter, so erinnere ich, erzählte einmal davon, dass Vater auf der Insel Rügen sogar an der Planung eines Hotelbaus beteiligt war; Zeichnungen über die Entwässerung, die Elektrik und Statik anfertigte – natürlich immer nach den Anweisungen und Vorgaben eines Architekten.

Das Kombinat befand sich damals in der Rosa-Luxemburg-Straße, in der Nähe des Bahnhofs Rostock, das Architekturbüro in der Langen Straße. So entstand ein reger Schrift- und Personenverkehr zwischen diesen beiden Anlaufstellen. Wilhelm Burkhard, so schien es, war ein ehemaliger Arbeitskollege meines Vaters und er hatte diese Postkarte aus Hiddensee geschrieben und unterschrieben.

Nur leider war die Adresse verwischt. In dem Bemühen, den ganzen Text auf der Karte unterzubringen, wurde Burkhards Schrift zum Ende hin immer kleiner und unleserlicher. Als Adresse konnte ich gerade noch Rostock entziffern, der Straßenname war verschwommen, hatte sich unter Wasser oder Fetteinfluss verflüchtigt. Andererseits wäre es auch mehr als unwahrscheinlich, wenn er heute noch unter dieser Adresse zu finden wäre, dachte ich, und dass die erste Aufgabe sowieso darin bestand, ihn zu suchen, wenn er überhaupt noch am Leben war.

Sie mussten sich gut gekannt haben, diese beiden Männer, da war ich mir ganz sicher. Einem beliebigen Kollegen schreibt man nicht unbedingt eine Postkarte aus der Sommerfrische. Für mich jedenfalls war dieser Wilhelm Burkhard ein Anhaltspunkt und die Gelegenheit, mehr über meinen Vater zu erfahren. Endlich *etwas* über meinen Vater zu erfahren. Also fasste ich den Entschluss, erst mal im Rostocker Telefonbuch zu recherchieren.

Der Name Burkhard war dort glücklicherweise nicht so häufig vertreten wie zunächst vermutet und einen W. Burkhard gab es nur einmal.

Mit klopfendem Herzen wählte ich die angegebene Nummer und tatsächlich meldete sich am anderen Ende ein hörbar älterer Mann mit schwacher Stimme:

»Ja, hier Wilhelm Burkhard.«

»Mein Name ist Karl Reus. Ich glaube, Sie können mir etwas über meinen Vater erzählen.«

Schweigen. Ein kurzes Durchatmen.

»Ich verstehe nicht.«

»Sie kannten meinen Vater, waren Kollegen im Wohnungsbaukombinat.«

»Wie war noch mal Ihr Name?«

»Karl Reus.«

Wieder hörte ich ein kurzes Durchatmen.

»Sie meinen vermutlich Gerhard Reus.«

»Richtig, das war mein Vater.«

»Verstehe, und was wollen Sie von mir?«

»Etwas über meinen Vater erfahren.«

»Das ist lange her, junger Mann.«
»Würden Sie trotzdem mit mir sprechen? Es ist wichtig. Ich kannte meinen Vater kaum. Darf ich Sie besuchen kommen?«
»Ja, Sie können kommen. Von wo rufen Sie denn an?«
»Aus Lübeck.«
»Na ja, das ist nicht so weit.«
»Sie leben in Evershagen, sehe ich gerade?«
»Ein Stadtteil ganz im Nordwesten von Rostock, Richtung Warnemünde. Alle Straßennamen sind dort nach berühmten Schriftstellern benannt. Ich wohne in der Henrik-Ibsen-Straße. Das können sie nicht verfehlen, gegenüber vom Rasmus-Hochhaus.«
»Muss ich das kennen?«
»Nun ja, das ist ein sogenanntes Stelzenhochhaus. Wurde von deutschen und polnischen Architekten in den 1970er Jahren entwickelt.«
Nach dieser Aussage war ich absolut sicher, die richtige Person gefunden

zu haben und verabredete mich gleich für den folgenden Tag mit dem alten Mann.

10

Wenige Tage nach der Grenzöffnung fuhr ich das erste Mal in den Osten. Ich besaß damals einen Audi A 80 Baujahr 1982, der öfter, bevorzugt auf Kreuzungen, stehenblieb, weil meine Werkstatt die Elektronik des Fahrzeuges nicht in den Griff bekam. Der Werkstattleiter meinte, ich solle meinen Sicherungskasten im Auge behalten und drückte mir eine Tüte mit Ersatzsicherungen in die Hand. Ansonsten wäre alles in Ordnung, meinte er. Eine Fahrt nach Wismar sei kein Problem.

Ich lenkte das Fahrzeug aus der Yorckstraße in die Zietenstraße und mein Audi begann, ein wenig zu ruckeln.

Als ich in die Moltkestraße einbog hatte er sich wieder beruhigt. Schnurstracks ging es in Richtung Schlutup. Hinter der kopfsteingepflasterten Ausfahrtstraße ging es weiter und weiter.

Ich folgte der Beschreibung Richtung Wismar. In Dassow, hinter der Stepennitz-Brücke hielt ich an. Ich stieg aus dem Wagen und ging ein Stück Richtung Brücke. Ich war von der relativ kurzen Strecke erschöpft und erregt, als befände ich mich in einem Abenteuer mit ungewissem Ausgang. Ich nahm einen eigentümlichen Geruch wahr, einen Geruch, der mich binnen von Sekunden in meine Kindheit katapultierte. Es dauerte einen Augenblick, bis ich herausfand, was es auslöste. Es war der Rauch aus den Schornsteinen. Die Menschen heizten mit Steinkohle. Dieser Geruch öffnete die Tür zu einem wahren Potpourri aus Erinnerungen und Gefühlen. Mein ganzer Körper wurde von einer Gänsehaut überzogen. Ich hielt mich mit beiden Händen am Brückengeländer fest und nahm noch ein paar Nasen, bevor ich meine Fahrt nach Wismar fortsetzte.

Inzwischen waren 25 Jahre vergangen und ich schnurrte über die Autobahn A 20 in Richtung Rostock.
Auf dem Zubringer in Richtung Warnemünde bog ich rechtzeitig links nach Evershagen ab, folgte den Straßenbahnschienen, ließ das Rasmus-Haus links liegen und befand mich schnell in der Hendrik-Ibsen-Straße. Eine Fahrt, als würde ich von unbekannter Hand gelenkt und sicher ins Ziel geführt. Ich stellte das Fahrzeug in eine Parklücke und ging die Freitreppe zum Hauseingang hinauf. Dort stieß ich auf eine Vielzahl unzähliger Namensschilder und Klingelknöpfe: Wilhelm Burkhard stand im Zentrum der Anlage. Ich betätigte den Klingelknopf.
»Ja, bitte«, ertönte eine schwache Stimme am anderen Ende der Leitung.
»Karl Reus.«
»Moment bitte. Ich wohne im sechsten Stock. Sie müssen mit dem Fahrstuhl bis zum siebten Stockwerk fahren und

dann rechts die Treppe nach unten nehmen. Ich nehme Sie an meiner Wohnungstür in Empfang.«
»In Ordnung.«
Der Summer ertönte und ich öffnete die Haustür mit einem leichten Ruck.
Im sechsten Stock, vor seiner Wohnungstür, empfing mich ein gebückter alter Mann auf Krücken und leiser Stimme: »Kommen Sie herein, junger Mann.«
Die Wohnung befand sich in einem aufgeräumten und sauberen Zustand.
»Ich weiß, was Sie denken. Wie schafft dieser gehbehinderte Mann das alles? Ich habe eine Zugehfrau, die kommt dreimal die Woche und hält die Wohnung in Schuss.«
Er balancierte mit seinen Krücken ins Wohnzimmer und forderte mich mit einer fahrlässig anmutenden Handbewegung auf, Platz zu nehmen.
»Was möchten Sie trinken, junger Mann?«

»Vielen Dank für das Kompliment. Ich trinke am liebsten ein Wasser.«
»Im Gegensatz zu mir sind Sie doch ein junger Mann. Oder etwa nicht?«
Er stand mit Mühe auf, griff sich eine Krücke und verschwand in einer Nische, in der sich vermutlich die Küchenzeile verbarg, denn ich hörte, wie er mit Geschirr und Gläsern hantierte.
»Ich bin auch schon Sechzig«, sagte ich.
»Immerhin könnten Sie mein Sohn sein«, fuhr mein Gastgeber mit seinem Geplänkel fort und kam mit zwei Gläsern und einer Flasche Wasser aus der Küche. Mich erstaunte, wie behände er mit seiner Krücke umging. Bevor er sich setzte, platzierte er sie wieder neben sich.
»Wie lange machen Sie das schon?«, platzte es aus mir heraus.
»Einige Jahre schon. Zuerst war die rechte Hüfte dran, dann die linke und die Knie spielten irgendwann auch nicht mehr mit. Sie wollten mich am

Knie nicht mehr operieren, weil ich einen Herzschrittmacher trage. Ist nicht mehr so einfach mit der Narkose. So muss ich jetzt damit leben, ein wandelndes Ersatzteillager zu sein.«
»Altern ist nichts für Feiglinge.«
»Sie sagen es, junger Mann.«
Ich nahm einen kräftigen Schluck von meinem Wasser. Ich fühlte mich ziemlich erschöpft.
»Geht es Ihnen nicht gut, junger Mann?«
»Doch doch, ich will nicht anfangen zu jammern, sonst höre ich nämlich so schnell nicht wieder auf. Ich bin auch erst vor einiger Zeit wieder auf die Beine gekommen.«
»Was war ihre Diagnose?«
»Nekrotisierende Fasziitis.«
»Das hört sich nicht gut an.«
»War es auch nicht, sondern ein sehr aggressives Bakterium.«
»So etwas Ähnliches wie ein Krankenhauskeim, nehme ich an.«

»Hämolysierende Streptokokken. Dieses Wort werde ich nie vergessen. Da dieses Bakterium keinen eigenen Blutkreislauf hatte und daher auch nicht mit Blut versorgt wurde, konnten keine Medikamente eingesetzt werden, da das Bakterium sowieso nicht darauf reagiert hätte. Nachdem nun meine Organe so nach und nach alle den Dienst aufgeben wollten, versetzten mich die Ärzte in ein künstliches Koma. Es blieb ihnen nichts anderes übrig, als die vom Keim befallene Haut vom Bein mit dem Skalpell zu entfernen.«

»Ich glaube, jetzt sollten wir das Thema wechseln. Wir haben schon genug über unsere Krankheiten geredet.«

Wilhelm Burkhard legte Nachdruck in diesen Satz und lehnte sich bequem in seinem Sessel nach hinten. Er hatte dünnes, kurzgeschnittenes, weißes Haar und seine Haut wies überall Altersflecke auf. Seine Augen schimmerten wässern. Ich konstatierte kühl,

dass er ein alter hinfälliger Greis war, der mir in meiner Angelegenheit wahrscheinlich nicht weiterhelfen konnte, sondern nach dieser lang vergangenen Zeit vermutlich alles vergessen hatte. Er schob seine rechteckige Goldrandbrille auf seinen Nasenflügel und lächelte spitzbübisch.
»Was kann ich für Sie tun, junger Mann?«
»Ich möchte mehr über meinen Vater erfahren.«
»Wieso?«
Ich muss zugeben, dass mich diese kurze Antwort überraschte und zuerst sprachlos machte. Für den Bruchteil einer Sekunde stand mir der Mund offen.
»Na ja, ich meine, Sie sind ein fast alter Mann. Merken Sie, ich höre soeben auf, Ihnen Honig um den Bart zu schmieren, und heiße Sie in der Realität willkommen.
Also, warum beginnen Sie plötzlich, in ihrer Vergangenheit, vielmehr in der

ihres Vaters, herumzustochern? Ist doch ein bisschen merkwürdig, oder?«
»Vielleicht hat das mit meiner Krankheit zu tun. Verstehen sie, ich wäre fast gestorben. Ich lag Monate einfach so rum und mein Leben floss durch mich hindurch; und droht nun im Nirgendwo zu versickern. Vielleicht ist es einfach nur der Versuch, meiner verbleibenden, meiner geschenkten Zeit, einen Sinn zu geben. Verstehen Sie?«
»Jetzt muss ich erst mal was Vernünftiges trinken.«
Wilhelm schnappte nach seiner Krücke und verschwand wieder in der Abseite.
»Wie wäre es mit einem Schluck Goldbrand?«
»Nein danke, ich muss noch fahren.«
»Sie müssen gar nichts. Sie können bei mir übernachten. Ich besitze ein Gästezimmer, obwohl ich niemals Gäste empfange. Aber Ausnahmen bestätigen die Regel«, ergänzte er schnell,

während er mit einem kurzen Wink seiner Krücke auf mich zeigte.
Der alte Mann war offensichtlich besser drauf, als ich zuerst gedacht hatte, und so stimmte ich schließlich zu:
»Ich werde ein Gläschen mittrinken.«
»Man nicht so förmlich, alter Mann«, lachte Wilhelm:
»Wir haben uns bestimmt einiges zu erzählen.«
Er platzierte ein Schnapsglas vor mir auf dem Tisch und kippte mit einer kurzen Handbewegung die braune Flüssigkeit in den Stamper:
»Geht runter wie Öl.«
»Prost. Auf die Gesundheit!«
Der Goldbrand legte sofort eine Feuerspur in meiner Kehle. Ich rang nach Luft.
»Ich hoffe, es geht Ihnen gut?«, fragte Wilhelm besorgt.«
Ich räusperte mich.
»Ja ja, alles bestens. Ich bin es nur nicht mehr gewohnt, sowas Hartes zu

trinken. Wahrscheinlich bin ich bereits betrunken.«

»Nun ja, wenn sie nach ihrem Vater geraten, können Sie einen Stiefel ab, wie man so schön sagt. Ihr Herr Vater trank nämlich ganz gerne mal einen mit mir.«

»Sie wollen mir damit sagen, dass er ein geselliger Mensch war.«

Wilhelm lachte herzhaft.

»Ja genau, das will ich damit sagen. Ein sehr geselliger Mensch und ein Schürzenjäger.«

Ich nahm einen Schluck Wasser.

»Er war ein schöner Mann. Die Frauen mochten ihn.«

Wilhelm hielt einen Moment inne, als müsse er über etwas nachdenken, dann goss er wieder Goldbrand in seinen Stamper und kippte ihn schnell weg.

»Wissen Sie, was mich gerade beschäftigt?«

Ich schüttelte den Kopf, während er mit der Flasche mein Glas füllte.

»Dass Sie sich überhaupt nicht nach Ihrer Mutter erkundigen?«
»Meine Mutter?«
»Ja, Sie fragen nach Ihrem Vater und da wäre es naheliegend, sich auch nach Ihrer Mutter zu erkundigen. Oder etwa nicht?«
»Ich bin bei meiner Großmutter aufgewachsen, der Mutter meines Vaters, verstehen Sie? Und da spielte meine Mutter überhaupt keine Rolle, war quasi nicht existent. Ich kann mich nicht erinnern, sie jemals vermisst zu haben.«
»Merkwürdig. Ihre Mutter und Ihr Vater waren nämlich Arbeitskollegen. Hat Ihre Großmutter das niemals erwähnt?«
»Niemals. Von einer Mutter wurde nie gesprochen.«
»Sie waren ein uneheliches Kind und das war zu dieser Zeit, um es einmal vorsichtig auszudrücken, ehrenrührig.«

Ich spürte, wie sich Trockenheit in meiner Mundhöhle ausbreitete wie nach einer Wüstenquerung und griff nach meinem Wasserglas.

»Also, Ihre Eltern waren Arbeitskollegen aber nicht verheiratet, und ich glaube, nicht einmal befreundet.«

»Was hat das nun wieder zu bedeuten?«

»Ihr Vater glaubte eine Zeitlang, dass Ihre Mutter auf ihn angesetzt war. Wissen Sie, es gab in jedem Betrieb Stasi-Leute, die sich immer ein bisschen informierten, die Leute aushorchten – mal mehr und mal weniger geschickt. Nach dem Arbeiteraufstand 1953 ging die Angst in der Partei um. Man wurde misstrauisch beäugt – und Ihre Mutter wurde zu uns ins Büro versetzt und wir wussten eigentlich gar nicht, wo sie her kam. Alles ziemlich mysteriös. Aber sie war ein hübsches Ding.«

Der nächste Schnaps. Ich kippte ihn in einem Zug. Meine Zunge fühlte sich pelzig an und ich hatte den Eindruck, als würde es mir schwerfallen, weitere Sätze zu formulieren. Ich versuchte es trotzdem:

»Wie hieß meine Mutter?«

»Elisabeth. Wir sagten immer Lisbeth zu ihr. Das heißt, ich nannte sie so. Ihr Vater ignorierte sie die meiste Zeit.«

»Sie machen Witze.«

»Mitnichten. Das was man Annäherung nennen könnte, fand im Verborgenen statt. Ich habe zuerst nichts mitbekommen.«

»Aber allmählich.«

»Ja, später ließ es sich nicht mehr verheimlichen.«

»Und er verdächtigte sie trotzdem. Mein Gott, das sind ja Szenen wie aus einem billigen Spionagefilm.«

»Das kann man wohl sagen.«

Wilhelm befüllte erneut meinen Stamper, dann hob er sein Glas.

»Also, wo wir doch jetzt zusammenarbeiten, ist es an der Zeit«, er räusperte sich bedeutungsschwer, »also ich denke, wir sollten uns duzen, das vereinfacht die Kommunikation. Ich heiße Wilhelm. Prost.«

»Ich heiße Karl.«

Wir ließen die Gläser aneinander stoßen.

»Prost, Wilhelm.«

»Prost, Karl.«

Im nächsten Moment begann ich, keine klaren Bilder mehr zu sehen. Ich stand auf und fühlte mich wie auf einem schwankenden Schiff. Wilhelm wusste sofort wohin ich gehen wollte: »Immer geradeaus, erste Tür links. Pass auf mit dem Toilettensitz.«

Als ich das Badezimmer betrat, wusste ich, was er meinte: Wilhelms Toilettensitz war altersgerecht erhöht, sodass man bequem und ohne richtig sitzen zu müssen, sein Geschäft erledigen konnte. Ich hatte sofort Respekt vor diesem Sitz. Er verursachte bei mir eine gewisse unerklärliche Hemmung. Aber ich befand mich ohnehin in ei-

nem merkwürdigen Zustand. Die Frau, die angeblich meine Mutter sein sollte, spukte in meinem Kopf umher. Ein diffuser, verschwommener Zustand, der durch den Alkohol in meinem Blut noch verstärkt wurde. Eine hübsche, gesichtslose Frau: Elisabeth. Schemenhaft, geheimnisvoll. Ich betrachtete mein Gesicht im Spiegel, das ebenfalls verschwommen wirkte, wie in Auflösung begriffen. Ja, ich löste mich langsam auf...Vielleicht existierte ich niemals wirklich. War nur Fiktion, in einem Spionagethriller, in einer Diktatur-Soap. Ich musste lachen. In dem Moment klopfte es an der Badezimmertür.
»Bist du eingeschlafen, Karl?«
»Ich lebe noch. «
»Das beruhigt mich ungemein. Beeil dich, ich muss auch mal. «
Er klopfte mit seiner Krücke gegen die Tür.

Es gab einen dumpfen Schlag, wie wenn ein harter Gummi gegen Holz trifft.

Nach dem nächsten Schnaps fragte ich ihn, wie meine Mutter aussah.

»Sie war sehr hübsch. Braunes, mittellanges Haar. Auch braune Augen, glaube ich. So genau kann ich das gar nicht sagen nach all diesen Jahren. Aber ich erinnere mich, dass sie sehr hübsch war.«

»Was ist mit ihr geschehen?«

»Ich weiß es nicht. Sie war so plötzlich verschwunden, wie sie gekommen war.«

»Das gibt es doch gar nicht. Sowas habe ich noch nie gehört!«, schrie ich meine Ungläubigkeit heraus, während Wilhelm den nächsten Schnaps einschenkte. Ich kippte ihn wie betäubt und verlor das Bewusstsein.

Am nächsten Morgen wurde ich durch Möwengeschrei geweckt, und als ich mit dem Oberkörper hochkam und

durch die Fensterscheibe sehen konnte, sah ich den großen nervösen Vogel vor dem Fenster entlang stolzieren. Die Möwe ruckelte mit dem Kopf als sie mich entdeckte und ihr Schnabel tickte kurz gegen das Fensterglas. Ich ließ mich ins Bett zurückfallen. Meine Augen fielen mir wieder zu. Bleischwer lastete etwas auf meinen Lidern, als habe sich ein Schatten auf mich gelegt, ein Schatten aus meiner Vergangenheit, der mir gleichzeitig Angst machte und meine Neugier weckte. Neugier auf etwas Ungesagtes, etwas Unbekanntes, das mein Leben noch einmal beeinflussen konnte.
Da klopfte es an der Tür.
»Ja, bitte«, stammelte ich.
Die Tür wurde vorsichtig aufgeschoben.
»Geht es dir gut, Karl?«
»Ich glaube schon.«
»Das ist gut. Ich muss dich nämlich darum bitten, dich um das Frühstück zu kümmern.«

Wilhelm war an diesem Morgen nicht gut zu Fuß.
Darum saß er später in seinem Ohrensessel und gab Anweisungen:
Zur Feier des Tages sollte das weiße Geschirr mit dem Goldrand aufgedeckt werden. Tassen, Untertassen und Teller standen in der Anrichte, im Hängeschrank, das Besteck lag in der ersten Schublade im unteren Schrank.
Gefrühstückt werde im Wohnzimmer, meinte er, nicht an dem wackeligen Campingtisch, der in der kleinen Küche stand, mit seiner rotkarierten Tischdecke und der grünen halbhohen Vase mit den Kunstblumen darin.

Ich schnitt Brot, viertelte Tomaten und richtete sie auf einem kleinen Glasteller an. Wurstscheiben drapierte ich auf einem Frühstückteller.
Ich stellte die Kaffeemaschine an und setzte einen Topf zum Eierkochen auf den Herd.

»Eierbecher sind in der zweiten Schublade von unten«, bemerkte Wilhelm, der inzwischen aufgestanden war, beiläufig.

Eine halbe Stunde später frühstückten wir.
Dabei trug ich meine zerknitterten Straßenklamotten vom Vortag und Wilhelm einen zerfransten blaurot karierten Bademantel, aus dem ein Büschel grauweißer Haare hervorlugte.
Mit zittriger Hand führte er seine Tasse zum Mund. Das sah gefährlich aus:
»Kann ich dir helfen?«
»Hab alles im Griff. Ist nur mein obligatorischer Morgentatter. Warte nur, bis du in meine Alterssphäre eintauchst. Dann vergeht dir das Schmunzeln.«
»Ich habe gar nicht geschmunzelt.«
»Sieh dich mal um. Was siehst du?«
Ich bearbeitete gerade mein Ei.
»Was siehst du?«, fragte Wilhelm unvermittelt.

»Ein Wohnzimmer«, antwortete ich irritiert.
»Das ist kein Wohnzimmer. Das ist ein Gefängnis. Schlimmer als ein Gefängnis, denn aus dem Knast kommt man irgendwann mal raus. Das Prinzip Hoffnung, verstehst du? Aber ich komm hier nicht mehr raus. Ich fahr nur noch in die untere Etage. In eine Etage ohne Wiederkehr.«
Ich streute Salz auf mein wabbeliges Eigelb.
»Du möchtest doch mehr über deinen Vater, deine Mutter, über deine Familie von mir wissen. Stimmt doch, oder?«
Ich nickte stumm und schluckte.
»Darum stelle ich jetzt und hier eine Bedingung, lieber Karl.«
Ich nickte zustimmend.
»Ich möchte eine Reise machen und ich wünsche mir, dass du mich auf meiner Reise begleitest. Im Gegenzug erzähle ich dir alles über deine Fami-

lie. Hierbei handelt es sich um ein Angebot, das ich nur einmal mache.«
»Ein Angebot, das ich nicht guten Gewissens ablehnen kann. Nicht wahr?«
»Richtig.«
»Wohin soll die Reise gehen?«
»Nach Polen. In das Land meiner Jugend. Ich habe dort etwas zu erledigen.«
»Was hättest du gemacht, wenn du mich nicht zufällig kennengelernt hättest? Wenn ich dich nicht angerufen hätte?«
»Eines solltest du wissen: Es gibt keine Zufälle. Alles ist vorbestimmt, lieber Karl.«

11

Bereits am folgenden Tag erhielt ich einen Anruf von ihm. Er sprach mit leiser und gebrochener Stimme. Es täte ihm leid, er sei gestern etwas zu forsch auf getreten und ich sollte mich von ihm unter keinen Umständen unter Druck gesetzt fühlen. Sein Verhalten sei einfach der Tatsache geschuldet, dass er nicht mehr viel Zeit zur Verfügung habe und er weiß, ich sei selbst ein kranker, nicht sehr belastbarer Mann, dem man diese Strapazen eigentlich nicht zumuten könne und es täte ihm leid.
Hier unterbrach ich seinen Redefluss und erklärte ihm unumwunden, dass ich mich auf keinen Fall von ihm überrumpelt fühlte und es mir seit einigen Monaten zunehmend körperlich besser ginge. Mein einziges Problem sei eher psychischer Natur und genau dies wollte ich lösen, indem ich eine Aufgabe übernehme, in dem ich mir

selbst beweise, nützlich zu sein. Dann erwähnte ich, mit wie viel Freude, ich gestern unser gemeinsames Frühstück zubereitet hatte. Für mich alleine ist manchmal die Mühe zu groß. Alles in allem solle er sich keine Sorgen machen.
Entsprechende Vorbereitungen wurden getroffen. Für Willy war leihweise ein Rollstuhl angedacht, den ich in einem Lübecker Sanitärhandel besorgen würde. Mein altes Auto sollte noch einmal in die Werkstatt und ich selbst musste mich ebenfalls mental auf die Reise einstellen. Wieso übrigens ausgerechnet Polen?
Er sei in Königsberg aufgewachsen, sagte Willy. Das Königsberg seiner Jugend sei eine Perle von Stadt gewesen aber davon sei nichts mehr geblieben. Der Russe habe, nachdem die Stadt im Krieg weitgehend zerstört worden war, das, was übriggeblieben war, plattgemacht. Nichts sollte an die Deutschen in dieser Stadt erinnern.

Aber das nur so nebenbei. Was er eigentlich sagen wollte, war, dass seine Familie fliehen musste, als die Russen schließlich vor der Tür standen und diese Monate der Flucht gehörten zu den grausamsten, einprägsamsten und intensivsten Erlebnissen seiner Jugend, seines ganzen Lebens. Es war etwas, womit er sich zeitlebens auseinandergesetzt habe.

Ja, und nun, seitdem die gemeinsame Reise feststehe, habe er schon das seinige getan und einige in Frage kommenden Orte ausgewählt. Orte, an denen sich damals bestimmte einschneidende Erlebnisse abgespielt hatten.

Es sei zum Teil schwierig gewesen, eine Auswahl zu treffen, weil alle Namen verändert worden seien, und außerdem sei er zu dieser Zeit gerade 15 Jahre alt gewesen und vieles in seiner Erinnerung weise Lücken auf. Lücken wie Gebirgskrater.

Wilhelm redete sich in eine Form von Euphorie hinein, die durchaus ansteckend wirkte.

Es gebe sicherlich Kartenmaterial und ob er ein Navigationsgerät besorgen solle. Er müsse nur irgendwo anrufen, dann werde ihm eines ins Haus gebracht.

»Immer mit der Ruhe«, unterbrach ich ihn. Eine Karte und ein Reiseführer wären vorhanden und ich würde mich zu gegebener Zeit wieder bei ihm melden. Er verabschiedete sich mit den Worten: »Denk daran, Karl. Die Zeit drängt.«

Lübeck. Im Sanitärhandel erkundigte ich mich nach einem optimalen Gefährt für meinen Freund, das man zusammenklappen und in einem Auto, das kein Kombi ist, verstauen konnte. In meinem alten Audi 80, so erzählte ich, war nicht viel Platz und das Fahrzeug litt wahrscheinlich schon stärker an Altersschwäche als seine zukünftigen Passagiere. Die Verkäuferinnen lachten. Zwei mütterliche, ältere Damen, die sich bestimmt Gedanken machten über die skurrilen alten Männer, die gemeinsam eine Reise antreten wollten.

»Wie groß und wie schwer ist denn Ihr Freund?«, erkundigten sich die Verkäuferinnen und ich glaubte, einen ironischen Unterton zu hören.

»Warum wollen Sie das denn wissen?«

»Wir benötigen diese Fakten, um die Größe des Rollstuhles bemessen zu können.«

»Woher soll ich das wissen?«, platzte es aus mir heraus.

Dann erging ich mich in einer wahren Litanei; erklärte den erstaunten Verkäuferinnen, dass ich diesen alten Mann erst kurze Zeit kannte, und wie diese seltsame Bekanntschaft überhaupt zustande kam. Ich selbst sei erst vor kurzem genesen, erklärte ich, laboriere eigentlich noch an den Folgen meiner Erkrankung herum. Und als ob das noch nicht genug war, nahm ich die beiden Damen mit auf eine Reise in mein persönliches Komaland, erwähnte, wie mein Leben über Monate in der Klinik am seidenen Faden hing, erzählte detailliert wie ich künstlich ernährt wurde. Dass an meiner Blase ein Katheter angebracht wurde, dessen Schläuche zu einem Plastikbeutel führten, der an der Seite meines Bettgestells hing – wie der Euter einer Kuh. Dass ich, obgleich im Koma, durchaus bemerkt habe, wie man mir die Zähne putzte und dass auch die Versuche, mich hin und wieder auf die Beine zu stellen, mir nicht verborgen geblieben seien. Im Koma, stellen Sie sich vor!

All diese Ausführungen hörten die beiden Damen mit offenen Mündern und konsterniertem Gesichtsausdruck. Dann schwenkte ich plötzlich um und entschuldigte mich für meine drastischen Ausführungen, griff nach meinem Handy in der Hosentasche und rief Wilhelm an, um mich nach seinen Körpermaßen zu erkundigen. Unterdessen, so erschien es mir, wagten die Verkäuferinnen nicht, sich zu bewegen. Vermutlich glaubten sie, es mit einem Wahnsinnigen zu tun zu haben. Starr wie die Salzsäulen glotzten sie zu mir hinüber.

Nach dem Telefonat baute ich mich demonstrativ vor ihnen auf, wahrscheinlich nicht mehr Herr meiner Sinne.

»Hat man schon jemals erwogen, bei ihnen beiden einen Luftröhrenschnitt zu machen, und haben Sie eine Ahnung davon, wie so eine Wunde wieder geschlossen wird?«

Sie schüttelten den Kopf und sahen mich dabei entsetzt an.

»Das nur so nebenbei. Mein Freund misst einen Meter und achtzig und ist siebzig Kilogramm schwer. Noch Fragen?«

»Wir geben Ihnen jetzt eine Adresse mit«, erzählte die ältere der beiden alten Verkäuferinnen in besorgt-ruhigem gefasstem Ton, »dort können Sie in den nächsten Tagen den Rollstuhl abholen. Wir wünschen Ihnen beiden eine gute Reise.«

In der Autowerkstatt gaben sie mir eine Tüte alter Sicherungen mit.
»Falls Ihr Fahrzeug wieder liegen bleiben sollte«, meinte der KFZ-Meister mit einem Schmunzeln im Gesicht. Wir kennen uns schon über zwanzig Jahre.
Zwischendurch rief immer wieder Willy an. Er wolle mich auf gar keinen Fall hetzen aber er habe schon vor, diese Reise noch in diesem Leben anzutreten.

12

Hinter Swinemünde standen wir im Stau; in einer endlosen Schlange von Fahrzeugen. Zuerst dachte ich an einen Auffahrunfall. Später stellte sich heraus, dass die Autos an der Fähre auf die Halbinsel Wolin anstanden. Wir hatten schlicht und ergreifend die falsche Tageszeit gewählt.
Ich stellte den Motor ab und kurbelte das Seitenfenster herunter. Es wehte ein laues Sommerlüftchen, vermischt mit dem Geruch feuchter Walderde und Harz:
»Wir hätten gleich über Stettin fahren sollen.«
Willy schien aufgebracht. Er war ein äußerlich ruhiger Mensch, der dennoch wenig Geduld besaß.
»Es ist eine gute Zeit für Geschichten«, sagte ich.
»Was für Geschichten?«

»Erinnerst du dich? Du wolltest mir etwas über meinen Vater erzählen – und über meine Mutter.«

Das Wort Mutter ging mir nicht leicht über die Lippen. Ich kann es bis heute nicht erklären, aber irgendwie fühlte es sich falsch an, vielleicht weil der Begriff Mutter für mich einfach nicht existierte und nun plötzlich im Raum stand. Wie eine Bedrohung.

»Wie schon erwähnt, verschwand deine Mutter, wie sie gekommen war. Plötzlich war sie nicht mehr gesehen und dein Vater fühlte sich in seinem Verdacht bestätigt, dass sie abgestellt worden war, um ihn zu beobachten.«

»Warum in drei Teufels Namen?«

»Bei uns in der Abteilung ging das Gerücht herum, dass es um ein Waffenversteck ging, über das dein Vater offensichtlich Bescheid wusste.«

»Ein Waffenversteck?«

»Ja, nach 1945 wurde viel gestöbert, und einige Leute hatten wohl auch etwas gefunden. Es lag noch einiges

an Waffen herum und wenn man zur richtigen Zeit clever war, konnte man so manches in Sicherheit bringen.«
»Mein Vater, ein Waffenhändler. Das wird ja immer bizarrer.«
»Moment, das habe ich nicht gesagt. Es ging lediglich um Gerüchte, die in unserer Abteilung kursierten. Allerdings wurde dein Vater kurze Zeit später durch die Stasi befragt.«
»Sie haben ihn abgeholt?«
»Sie haben ihn ins Stasigebäude in der Hermannstraße, Ecke August-Bebel-Straße, in Rostock zitiert und dein Vater hat niemals über diese Unterredung gesprochen. Drei Monate später erzählte er mir, dass er zur Ingenieursschule gehen würde. Einfach so, verstehst du? Wir saßen in unserem Büro am Zeichentisch und zeichneten Grundrisse, Etagen, Details wie Kanalisation und Lüftungsschächte und so weiter und er erzählte mir plötzlich so was. Das war absurd.«

Das Fahrzeug vor uns bewegte sich. Es ging weiter.
Ich warf den Motor an und tatsächlich kamen wir einige hundert Meter weiter, ohne allerdings den Fähranleger zu sehen.
»Später erfuhr ich dann, dass er in Bautzen einsaß. Angeblich wegen ständigen Briefverkehrs nach dem Westen.«
»Ich habe niemals Briefe von ihm gelesen, beziehungsweise keine in dem Nachlass meiner Großmutter gefunden. Also, ich muss schon sagen, das klingt für mich reichlich mysteriös. Wen um alles in der Welt hat mein Vater angeschrieben?«
»Ich habe keine Ahnung.«
»Aber du warst sein Freund und Arbeitskollege.«
»Nachdem die Inhaftierung bekannt gegeben worden war, hatte meine Frau mir jeglichen Umgang mit dieser Unperson, wie sie ihn nannte, verboten.«

»Ich wusste gar nicht, dass du mal verheiratet warst. Hast du nie erwähnt.«

»Ist auch nicht besonders erwähnenswert und kein besonders ruhmreiches Kapitel meiner persönlichen Vergangenheit.«

»Wieso?«

»Ich hätte diese Frau niemals heiraten dürfen. Verstehst du?«

Wilhelm stampfte mit seiner Krücke auf den Fahrzeugboden, wie um das Gesprochene zu untermauern.

»Sie ist vor zehn Jahren gestorben und ich kann mit Fug und Recht behaupten, ihr keine Träne hinterher geweint zu haben.«

»Mein Gott, du warst dein halbes Leben verheiratet und erzählst mir so etwas. Warum?«

»Ich glaube, dass ich zu dem Zeitpunkt, als ich sie kennenlernte, bereits für die Liebe verdorben war.«

»Das klingt jetzt aber sehr poetisch.«

»Stimmt. Das kann man durchaus so stehenlassen. Ich hatte vor sehr langer Zeit ein Erlebnis. Eine verlorene Liebe, wenn man so will. Eine Liebe, die sich dermaßen in die Seele frisst und mit der man alles vergleicht, was danach kommt.«
»Das ist aber sehr naiv, mein lieber Wilhelm.«
» Ich weiß. Ist es vermutlich auch, aber dennoch nicht zu ändern.«

Ich dachte daran, wie Ruth und ich vor einem halben Leben in Keitum einem pfeifenden Fahrradfahrer begegneten, der mit einem Wiesenblumenstrauß winkte, als würden wir zu einer Solidargemeinschaft von Glücklichen gehören.
Er hatte recht.

»Warum hast du deine Frau nicht verlassen, wenn du so unglücklich mit ihr warst?«

Darauf gab mir Wilhelm keine Antwort. Er starrte stattdessen auf seine Krücke und drehte deren Knauf gedankenverloren in seiner Hand.

Wir hatten die erste Übernachtung in Kolberg geplant und ich wollte ursprünglich die Stadt noch vor Einbruch der Dunkelheit erreichen. Ein Blick auf meine Armbanduhr zeigte mir, dass dieses Zwischenziel in weite Ferne gerückt war.
Wilhelm vibrierte vor Ungeduld. Er wollte sofort den Rollstuhl testen und bis zum Fähranleger fahren:
»Auf diese Weise könnten wir erfahren, wie schnell du in der Lage bist, mein Gefährt zu montieren.«
»Soll das sowas Ähnliches wie eine Notfallübung sein? Wie schnell sind Sie in der Lage, Ihre Schwimmweste anzulegen?«
»Richtig. Genau so eine Übung sollten wir simulieren.«

Unser Gepäck hatten wir auf dem Rücksitz verstaut. Zwei Koffer neben einander gestellt, und Reisetaschen aufeinander gelegt.
Handgepäck.
Der Rollstuhl befand sich demontiert und verkantet im Kofferraum. Das Korpusteil zusammengeschoben, darauf, lose drapiert, die beiden Räder.
»Ich werde jetzt nicht den Kofferraum öffnen und den Bausatz heraushieven, während sich womöglich der Verkehr wieder entspannt und wir noch mehr Probleme bekommen, als wir jetzt schon haben.«
»Du bist genauso stur wie den Vater.«
»Ach nee.«
»Was er nicht wollte, wollte er nicht.«
»Dann erzähl doch mal.«

Die Schlange setzte sich allmählich in Bewegung und diesmal erreichten wir tatsächlich den Anleger.
»Mit der nächsten Fähre kommen wir mit. Sieh dir das an. Man kann von

hier aus fast hinüberspucken. Und dafür die ganze Warterei.«

»Wärst du denn in der Lage gewesen rüberzuschwimmen, Wilhelm?«

»Früher schon.«

»Warum bin ich so stur wie mein Vater?«

»Na ja. Dein Vater und ich gingen eine Zeit lang jeden Mittwoch schwimmen. In die Schwimmhalle beim Fußballstadion. Heimlich.«

»Wieso heimlich?«

»Ich hatte dir doch erzählt, dass meine Frau den Umgang mit deinem Vater nicht gerne gesehen hat. Sie hatte die Befürchtung, wir würden in seine Machenschaften hineingezogen, wie sie sich ausdrückte. Sie wollte mit der Stasi nichts zu tun haben. Also haben wir uns heimlich getroffen und sind beide dann von unserem Treffpunkt am Zoo gemeinsam mit den Rädern zur Schwimmhalle gefahren. Ich hatte ihm die ganze Angelegenheit erklärt und daraufhin hat er keinen Fuß mehr in unsere Wohnung gesetzt und kein Wort mehr mit meiner Frau gesprochen.«

»Konsequent.«

»Oder stur.«

»War er ein guter Schwimmer?«

»Er war ein sehr guter Schwimmer. Wir absolvierten jedes Mal unsere 1000 Meter und haben uns dabei richtige Rennen geliefert. Hat großen Spaß gemacht. Unter der Dusche haben wir dann über unsere Probleme gesprochen. Über unsere Ehen.«

»Mein Vater und meine Mutter waren miteinander verheiratet?«

»Natürlich nicht. Ich war verheiratet und sprach über meine Ehe und er sprach manchmal über deine Mutter. Sie waren ein Paar, miteinander auf eine unglückselige Weise verbandelt. Was weiß ich!? Er selbst machte ein Geheimnis um diese Beziehung. Er war misstrauisch. Immer wieder redete er davon, dass Elisabeth vermutlich ein Führungsoffizier der Stasi sei und letztendlich dazu da, ihn ans Messer zu liefern. Vermutlich hatte er sogar recht.«

Wir setzten über nach Wolin und fuhren danach eine ganze Zeit lang durch ein endloses Waldstück.
»Diese Wälder so nahe an der Küste haben etwas Faszinierendes.«
»An unserer Küstenlinie in Mecklenburg oder in Schleswig-Holstein wurde zu viel gerodet, zu viel begradigt«, bemerkte Willy und starrte aus dem Fenster.

Als wir Kolberg erreichten, war es bereits dunkel und in der Dunkelheit konnte ich unser reserviertes Hotel nicht finden.
Ich hatte den Zettel mit der Hotelanschrift auf das Armaturenbrett geklebt und versuchte gleichzeitig die für mich unlesbaren Straßenschilder zu identifizieren. Willy schien meine Anspannung zu spüren, blieb ruhig und

stumm und hielt sich an seiner Krücke fest.

Irgendwann steuerte ich entnervt auf einen Straßenrand zu, setzte den Blinker und stieg aus. Zwei junge Frauen schlenderten die Straße entlang und kamen direkt auf mich zu.

»Excuse me. Sorry!«

Die Frauen starrten mich an wie einen Kinderschänder. Ich hielt meinen Zettel hoch wie eine kleine Fahne der Kapitulation. Die Frauen wichen zurück, machten einen Schlenker um mich herum und verschwanden in einer Seitenstraße. Wilhelm hinter der Fensterscheibe schüttelte den Kopf.

»Das nächste Mal kannst du den Part übernehmen, wenn du glaubst, es besser zu können«, murmelte ich böse in mich hinein.

Dann stellte ich mich unter das Licht einer Straßenlaterne, während Willy im Auto zu lauern schien wie ein Komplize. Ein vorüber gehender Passant schüttelte den Kopf, als ich ihm

den Zettel entgegenhielt. Er kannte weder das Hotel noch den Straßennamen. Wütend stieg ich wieder in mein Fahrzeug.
»So funktioniert es nicht.«
»Allerdings. Versuch mal den Parkplatz eines Supermarktes anzusteuern. Dort sind immer eine Menge Leute unterwegs.«
»Ich sehe weit und breit kein Einkaufszentrum.«
»Versuch aus der Innenstadt herauszufahren.«
Willy legte mir seine Hand auf die Schulter: »Beruhige dich, mein Junge.«

Tatsächlich landeten wir wenig später auf dem Parkplatz eines Supermarktes. Ich verließ mein Fahrzeug und begann, mit meinem Zettel zu wedeln, als ein kleiner stämmiger Mann mit einer großen schwarzen Brille mich fast umrannte.
»Sorry.«

»Ich habe ein Navigationsgerät«, sagte der Mann in akzentfreiem Deutsch.
»Sie schickt der Himmel.«
Der wendige kleine Mann schnappte sich behände meinen Zettel und stürmte zu seinem Fahrzeug. Er erinnerte mich an eine Figur aus einem Spionagethriller, einen Computerexperten, dem die knffligsten Aufgaben anvertraut werden. Er startete die Navigation und bediente fachkundig die Tastatur. Dabei rutschte ihm seine mächtige Brille immer wieder von der Nase.
»Am besten, Sie folgen mir unauffällig. Ich führe Sie zu ihrem Hotel«, und mit Blick auf unser altersschwaches Fahrzeug: »Keine Angst, ich fahre so schnell – oder so langsam, dass sie gerade noch mithalten können.«
Vor dem Hotel drehte unser guter Geist an einem Wendekreis und grüßte uns freundlich mit einem kurzen Tipp an seine monströse Brille.

»Ich glaube, das habe ich jetzt geträumt«, sagte Willy und war schon im Begriff, aus dem Wagen zu steigen.
»Warte mal. Ich muss erst noch deinen Rollstuhl flottmachen.«
»Verschieben wir es auf Morgen. Die paar Schritte kann ich mit meiner wunderbar eingelaufenen Krücke bewältigen. Außerdem habe ich großen Hunger.«
Umständlich kletterte er aus dem Auto.
»Ich muss erst mal meine Knochen sortieren«, lachte er und gab im Vorbeihumpeln unserem Fahrzeug einen kurzen Klaps auf die Motorhaube: »Hast du gut gemacht, alter Knabe.«

Eine Stunde später saßen wir im Restaurant und Willy löffelte völlig entspannt aus einem großen Pott Gulaschsuppe. Während des Essens wischte er sich immer wieder mit einer Serviette Speisereste vom Mund.

Das war der erste Reisetag und ich nahm ein imaginäres Bild von diesem Tag mit auf mein Zimmer: Zwei Männer, in einer Duschkabine eines Schwimmbades in Rostock.

Zwei Freunde, die sich dort oder während sie ihre Bahnen schwimmen, ihre Geschichte erzählen.

Ja, so könnte es gewesen sein. Vor fünfzig Jahren.

13

Der nächste Morgen; am Frühstückstisch, im sonnendurchfluteten Speisesaal des Hotels: Willy saß vor einer Schale mit Müsli und kaute genüsslich und voller Vorfreude auf einen spannenden Tag, wie er es ausdrückte:
»Heute geht es nach Łeba. Zu den Wanderdünen.«
»Sag mal Willy, ist es verwegen nach dem Grund unserer Reise zu fragen?«

Ich hatte keine geruhsame Nacht hinter mir. Zuerst konnte ich nicht einschlafen, weil mir ständig im Kopf herumspukte, warum Wilhelm diese Reise hatte antreten wollen.
»Ich lege die Reiseroute fest. Von Tag zu Tag lege ich die Route fest«, hatte er gesagt, »Mach dir keine Sorgen. Ich habe alle Hotels vorab gebucht und du musst mich nur fahren.«
Dann hatte ich Alpträume: Ich irrte durch die labyrinthischen Korridore

einer Heilanstalt. Die Wände und Türen von einem irritierenden Weiß, wie in einem Schneefeld, das keine Kontraste zulässt und dann...die Auflösung von allem: Ein Fall – ein endloser Fall. Der Fall eines Patienten, der niemals aus seinem Koma erwachen darf.

Nach einer kurzen Pause wiederholte ich meine Frage, indem ich mich konspirativ über den Tisch bückte: »Was ist eigentlich der Grund für unsere Reise?«
»Der Grund...der Grund. Es gibt keinen Grund«, mäanderte Willy und schwenkte dann doch, nachdenklich geworden, in eine andere Richtung um.
»Ich hatte dir doch von meiner Frau erzählt, die gestorben ist. Sie ist im Krankenhaus in der Südstadt gestorben. Im Eingangsbereich des Krankenhauses hängt ein großes Gemälde, das dieses Krankenhaus zeigt; in einem kalten Winter in den sechziger

Jahren. Alles ist verschneit. Große Schneehaufen liegen überall herum. Eine Landschaft wie im Ausnahmezustand, mit Figuren, die gegen diesen Schnee, gegen die Katastrophe, ankämpfen – mit Schaufeln und großen Gerätschaften. Man hat als Betrachter das Gefühl, es ist wie ein Kampf: David gegen Goliath. Aussichtslos. Die Schneeberge werden immer höher und in den düsteren Wolken in diesem Bild, steckt noch mehr von dieser Katastrophe, noch mehr Schnee, noch mehr Chaos.

Ich habe meine Frau in ihren letzten Wochen wenig besucht. Wenn wir uns sahen, saßen wir uns stumm und reglos gegenüber, als würden wir uns nicht kennen und wenn, dann nur flüchtig. Eine flüchtige Bekanntschaft von mehr als vierzig Jahren. Verstehst du?

Aber dieses Bild, diese Klinik im Schnee, besuchte ich jeden Tag. Ich betrat den Eingangsbereich und setzte mich in einen dieser bequemen Sessel, die dort überall herumstanden, und sah mir das Bild an.

Manchmal stand ich auf und ging zu dem Bild, sah die kleinen Figuren, die gegen das Unglück ankämpfen mit ihren kleinen Schaufeln und musste weinen, während zwei Stockwerke über mir, in einem spartanisch eingerichteten Krankenzimmer, meine Frau starb.«

»Es gibt Menschen, die können das Sterben ihrer Angehörigen nicht ertragen und flüchten davor.«

»Papperlapapp.«

Willy streifte sich mit der Serviette über den Mund und erzählte wie ihn nach dem Tod seiner Frau der Trauerredner besuchte. Das übliche Ritual. Ein kultivierter und sachlicher Mann, dem man sofort ansah, dass er mit Sprache umgehen konnte. Er bat Willy, etwas über seine Frau zu erzählen, und Willy erzählte, wie sie am Küchentisch saß und Kreuzworträtsel löste, während er in der Stube in seinem Ohrensessel saß und in einer Zeitschrift blätterte. Manchmal, wenn ihr ein gesuchter Begriff nicht sofort einfiel, formulierte sie schroff eine Frage, die sie zu Willy hinüberwarf, wie einen Knochen, den man einem Hund zuwirft, und wenn Willy diesen Knochen nicht sofort annahm und zögerte, schimpfte sie mit ihm. Sie war in der Lage, ein verbales Feuerwerk abzubrennen.

Der Trauerredner hörte aufmerksam zu, bis zu dem Punkt, an dem Willy nicht mehr weiter erzählte.

Nach mehreren Minuten des intensiven Nachdenkens erklärte Willy dem Redner, damit sei genug erzählt, mehr gebe es über seine Ehe nicht zu berichten. Seine Frau habe Fragen gestellt und er habe geantwortet – oder auch nicht. Dies sei die Essenz ihres gemeinsamen Lebens gewesen.

Der Trauerredner, etwas irritiert, gab zu verstehen, dass diese Angaben kei-

nesfalls genügten, um eine sinnvolle, eine angemessene Rede zu formulieren. Vielleicht wisse er, der Ehemann, noch ein paar biografische Details. Geburtsname seiner Frau, Geburtsort und ähnliches. Vielleicht noch ein paar Gewohnheiten, vielleicht Lieblingsfarben oder Lieblingsgerichte – Musik.
Da müsse er leider passen, entgegnete Willy, nun schon etwas ungehalten. Im Grunde habe er seine Frau nicht wirklich gekannt und sich auch nicht für sie interessiert. Mehr noch, sie sei ihm gleichgültig gewesen.
In diesem Falle könne er nichts für ihn tun, antwortete der Trauerredner und war schon im Begriff aufzustehen, als Willy sich bei ihm entschuldigte. Es sei alles nicht so gemeint, er sei eben in denkbar schlechter Verfassung und er wäre ihm wirklich sehr dankbar, wenn er um die dürftigen Informationen, die er von ihm bekommen hätte, etwas herumstricken könne. Etwas Geschriebenes, ein Zitat oder ein Ge-

dicht von Hermann Hesse vielleicht. Etwas, das die nicht zu leugnende Inhaltsleere kaschiert, und die Menschen in der Trauerhalle, so sie sich zahlreich einfinden mögen, berührt.

Es wurde dann doch noch eine angemessene Feier, erzählte Willy, in der den Anwesenden, die Lücken in der Biografie der Toten nicht weiter auffielen. Jeder hatte sowieso ein eigenes Bild von der Toten, meinte Willy und legte die benutzte Serviette auf den Tisch.
»Und das alles ist der Grund für unsere Reise nach Polen?«
»Irgendwie schon. Dieses ganze Dilemma mit meiner Ehe war nur möglich, weil ich in meinen Jugendjahren in Liebesdingen gebrandmarkt worden war. Auf eine sehr intensive und glückliche Weise. Damit wir uns richtig verstehen. Und das hat mit unserer Reise zu tun. Wir reisen zum Ort des Geschehens, um es genau zu sagen.«

»Wo befindet sich dieser Ort?«

»Das kann ich nicht genau sagen.«

»Ich wusste von Anfang an, dass die Geschichte einen Haken hat.«

»Hat sie aber nicht wirklich, glaube mir. Ich habe einige Orte zur Auswahl und ich weiß genau, dass einer dieser Orte der richtige ist. Wenn ich ihn sehe.«

Ich nickte: »Wie viele Orte?«

»Wir haben drei mögliche Orte zur Auswahl.«

»Eine überschaubare Anzahl, Willy, das muss ich zugeben. Wie heißt eigentlich die Frau, der du das alles zu verdanken hast?«

»Das war keine Frau, sondern noch ein Mädchen. Ein wunderschönes Mädchen. Mein Gott, wir waren beide fünfzehn Jahre alt. Sie hieß Marlene.«

Willy saß bei seinen Erläuterungen ganz ruhig da. Mir schien, jede Art von Gestik ging ihm vollkommen ab. Seine Hände ruhten auf der Tischplatte, sein Gesicht verriet keine Spur von Emotion.

»Das ist ja interessant. Eine Tante von mir hieß genauso.«

»So, so. Na ja, der Name war damals nicht so unüblich.«

»Wegen Marlene Dietrich?«

»Genau. Die war eine Zeit lang in Deutschland ein Idol. Wie sah deine Tante eigentlich aus?«

»Das weiß ich nicht. Es existiert kein Foto mehr von ihr«, erwiderte ich.

»Was ist mit ihr geschehen?«

»Sie starb mit Sechszehn an Lungenentzündung.«

»Das ist traurig«, sagte Willy, steckte sich die Serviette in seine Hosentasche und stand rasch auf. Eilig schnappte er sich seine Krücke. Das war das Zeichen zum Aufbruch.

14

Wir nahmen von Kolberg die gut ausgebaute Straße E 28 Richtung Danzig und bogen irgendwann links ab, Richtung Küste.
Damit begann endgültig eine Reise in die Vergangenheit. Die Straße wurde holprig, schlaglochlastig und war zum Teil noch kopfsteingepflastert. Mächtige Bäume säumten den Straßenrand. Unter dem Dach dieser Bäume fuhren wir dahin. Ich kurbelte mein Schiebedach auf, um das Rauschen der Bäume im Fahrtwind besser hören zu können und Willy schaute lange Zeit stumm aus dem Fenster, als wollte er alles aufsaugen, was von seinem alten Leben noch übrig geblieben war.
Die kleinen Orte, durch die wir fuhren, boten zum Teil einen desolaten Anblick. Die Häuser waren verfallen, die Gärten verwildert, die Höfe manchmal verlassen oder heruntergekommen, als hätte die fortschreitende

Zeit sie einfach ignoriert. Gleichzeitig strahlte diese absonderliche Tristesse ein Gefühl der Heimeligkeit aus, eine Geborgenheit, die etwas Naivkindliches besaß.

Auch mich umwehte ein Gefühl des Nachhausekommens. Als näherte ich mich einem Hafen, einer Heimstatt – nach der langen Odyssee eines gelebten Lebens.

Wir machten in Łeba Quartier außerhalb des Ortes, im Ortsteil Nowęcin am Sarbskosee, in einer kleinen gemütlichen Pension, die von einem freundlichen hochgewachsenen Pfeifenraucher namens Andrei geführt wurde.

Nach der Ankunft hievte ich den Rollstuhl aus dem Kofferraum und setzte das Gefährt auf dem kleinen Parkplatz vor der Pension zusammen. Eine Premiere. Andrei stand neben mir:

»Den Sitz einfach von unten nach oben drücken, als spanne man einen

Schirm – und die Räder aufstecken bis sie einrasten. Ganz einfach.«
Andrei kannte sich aus. Seine Mutter sei ebenfalls Rollstuhlfahrerin, erzählte er. Es sei noch genug Zeit vor dem Abendessen, um eine Probefahrt mit Willys Gefährt zu unternehmen, meinte er. Zum See wären es höchstens 10 Minuten Fußweg, und da wir heute den ganzen Tag im Auto gesessen hätten, würde uns so ein kleiner Gang sicherlich guttun.

Wir machten uns auf den Weg: Vorbei an einer neubebauten Siedlung attraktiver Ferienhäuser bis in den kleinen Ortskern der beschädigten alten Häuser, der ramponierten Villen.
»Eine Gegend, die zu uns passt wie die Faust aufs Auge«, bemerkte Willy. »Man wirft doch ein Leben nicht weg, nur weil es ein bisschen beschädigt ist«.
»Guter Spruch.«

»Ist aus irgendeinem Film. Ich weiß nur nicht mehr aus welchem.«

An einer Kreuzung, die zwei Möglichkeiten bot, wählten wir die linke Seite und gelangten nach wenigen Schritten an den Sarbskosee, ein von dichtem Wald umsäumtes gigantisches Gewässer. Der Weg wurde beschwerlicher, weil die gepflasterte Straße in einen Sandweg überging.

»Schieb mich bis zur Wasserlinie.«

Es war windstill und der Ausblick in die Weite fantastisch.

»Mein Gott«, seufzte Willy und drehte sein Gesicht von mir weg und schaute aufs Wasser hinaus.

Unvermittelt erzählte er mir vom Tod seiner Frau. Wie er sich davor gefürchtet hatte, sie zu besuchen, ihren Verfall zu erleben. Wie er nachts allein zu Hause wach lag und daran denken musste, was das für ein Gefühl für sie sein musste: den nahen Tod vor Augen. Zu sterben, einfach zu vergehen, kein Bewusstsein mehr zu besitzen.

Diese endlose Zeit des Totseins. Ausgelöscht zu sein. Für immer.

Nach sechs qualvollen Tagen voller Selbstzweifel und zermürbender Gedanken in denen er sie nicht besucht hatte, wollte er sich aufraffen. Vielleicht würden sie in diesem Leben noch eine Gelegenheit finden, miteinander zu reden, wirklich zu reden. Etwas, was sie jahrelang nicht getan und vielleicht verlernt hatten. Er fasste den Entschluss, sich zu bemühen, seine Gefühlskälte zu überwinden und Worte finden, die sie erreichen könnten.
Dann stellte er fest, dass alles eine Illusion war. Er wollte sie besuchen und sie war in der Nacht zuvor gestorben. Als er ankam, diesmal sogar mit Blumen, hatte man sie schon aus dem Zimmer geschoben und in einem separaten Raum aufgebahrt.
Sie sei friedlich eingeschlafen, sagte die Ärztin, fast unbemerkt – ganz

friedlich im Schlaf hinübergegangen. Er wollte sie sehen und die Ärztin führte ihn in den separaten Raum. Die Blumen hatte er vorher schon, nach dem ersten Schock, der Ärztin übergeben, um sich für ihre fürsorgliche Pflege zu bedanken, wie er meinte.
Seine Frau sah friedlich aus und sehr abwesend. Ihre spezielle Aura war verschwunden und er musste sich eingestehen, dass sie sich in etwas verwandelt hatte, in etwas Unnahbares, das fast ein Nichts war. In etwas, dass er schon immer in ihr gesehen hatte.
Er sah sie an und ein leichtes Zittern ging durch seinen Körper und es war, als sehe er Möbelstücke. Seine Möbelstücke, die in einem Fluss trieben, gut sichtbar. Er sah gleichzeitig, dass sie auf eine seltsame Art und Weise nicht untergehen konnten. Nur einfach so weitertrieben, und er stand am Ufer und konnte nichts dagegen tun.

Das alles erzählte Willy, während er in seinem Rollstuhl saß und über den See blickte. Er hatte sich die leichte Decke, die ich vorher über seine Beine gelegt hatte, weggerissen. Sie lag vor ihm auf dem Sandboden.
»Pass auf. Erkälte dich nicht«, mahnte ich.
»Es war ein anderer See«, sagte er plötzlich, und als er meinen fragenden Gesichtsausdruck bemerkte, ergänzte er noch: »An diesem anderen See, einem kleineren See war ich glücklich. Mit Marlene.«

15

Andrei nahm für einen Moment seine Pfeife aus dem Mund und klopfte mit dem Pfeifenkopf von außen gegen die hölzerne Terrassenbrüstung. Ich sah, wie Tabakreste nach unten in das Gartenbeet rieselten, sich wie Tau auf die dunkle Erde legten. Andrei erzählte irgendeine Geschichte, auf die ich mich nicht konzentrieren konnte, weil mir ständig ein Traum aus der vergangenen Nacht im Kopf herumspukte. Ein Traum, der mich am frühen Morgen schweißgebadet aufschrecken ließ.
Es ging um Ruth. Ruth, die ich glaubte überwunden zu haben. Sie stellte mir in einer bizarren Szenerie ihren spanischen Liebhaber vor. Einen Mann, der grotesk aussah, wie das Abziehbild eines Machos, mit Goldkettchen am Handgelenk und behaarter Brust und literweise Öl in seinem schwarzgelockten Haar. Für diesen Mann, so er-

zählte sie, wolle sie ihre langjährige Ehe aufgeben. Ich war fassungslos, zumal Ruth mich als Chauffeur engagieren wollte. Ich sollte die beiden im offenen Cabrio an die Riviera kutschieren. Ich war sprachlos. Ja, ich hatte meine Stimme verloren, wurde so zum stummen Diener, der unentwegt daran denken musste, warum Ruth damals, als wir beide noch jung waren, ihren Mann nicht verlassen wollte.
War ich es nicht wert?
Das war die Frage, die mir Schweißperlen auf die Stirn trieb.

»Ihr müsst unbedingt zum Leuchtturm nach Stilo fahren. Ist nicht weit von hier. Von Nowęcin über Sasino und dann seid Ihr schon bald dort. Unterhalb vom Leuchtturm, einige hundert Meter von der Küste entfernt, liegt das Wrack der Gustloff – unter Wasser«, bemerkte Andrei sachlich, bevor er seine Pfeife wieder zum Mund führte.

»Ja, ja, die Gustloff«, sagte Willy, »die hat auch etwas mit meinem Leben zu tun. Wir hatten Glück, dass wir auf der Flucht eine andere Route genommen hatten. Damals. Sonst wären wir auch auf der Gustloff gelandet und abgesoffen.«

Willy sprach mit belegter, leicht heiserer Stimme, als habe er sich am Abend zuvor verausgabt.

Ich hatte ihn auf sein Zimmer geleitet, als er mich bat, noch einen Moment zu bleiben. Ich müsse ihm beim Auskleiden behilflich sein.

Plötzlich begann er zu weinen. Es war ein kaum wahrnehmbares Schluchzen.

»Es tut mir leid, wenn ich dich mit meinen Problemen belaste.«

»Schon gut Willy. Das ist für mich keine Belastung.«

Er suchte meine Hand und fasste sie.

»Der Schmerz, weißt du, kommt, wenn du nicht damit rechnest. Plötzlich ist er da. Das sind fast körperliche Schmerzen.«

Obwohl ich nicht genau wusste, was er damit meinte, nickte ich bestätigend.

»Du weißt jetzt wie ich zu meiner Frau stand, aber du weißt nicht alles. Ich habe dir noch nicht von dem Schmerz erzählt.«

Ich nickte abermals und half Willy aus dem Rollstuhl. Er stemmte ohne meine weitere Mithilfe seinen Körper nach oben in die Senkrechte, und machte ein paar unbeholfene Schritte in Richtung seines Bettes. Er setzte sich auf die Bettdecke und sprach weiter, während er seine Schuhbänder aufband.

»Der Schmerz kam so unerwartet. Ich wusste zuerst gar nicht woher. Dann spürte ich, dass er mit dem Tod meiner Frau zusammenhing. Mir wurde bewusst, dass in meinem Leben plötzlich etwas fehlte, das vorher da war,

mich begleitet hatte. Zugegeben, manchmal auch beim Abstieg in die Hölle, die alltägliche Hölle. Seltsam, nicht wahr? Mir wurde schmerzhaft bewusst, dass ich alleine war; auf mich allein gestellt und einsam. Es war diese Einsamkeit, die so schmerzte. Der Mensch ist nicht dafür geschaffen, alleine zu sein. Verstehst du?«
»Besser als du denkst«, erwiderte ich und erzählte ihm dann, nicht in ganzer Ausführlichkeit aber in Ansätzen, die Geschichte von Ruth und mir, die dann, in der kommenden Nacht weitergesponnen, in diesem schrecklichen Traum gipfelte.
Willy knöpfte umständlich seine Hose auf und ich zog an den Hosenbeinen und sah dabei auf seine Kniebandagen.
»Sollte vor Jahren bereits eine Knieoperation bekommen, aber die Ärzte wollten mich nicht mehr operieren, wegen meines Herzens, dem Herzschrittmacher und überhaupt war das

Risiko für mich zu groß, die Operation nicht zu überleben«.

Er löste die Bandagen und legte sie auf einen Stuhl, den er sich neben das Bett gestellt hatte.

»Jetzt die Stützstrümpfe.«

»Mein Gott Willy, dieses Prozedere erinnert mich irgendwie an Mumien, an Gestalten, an Untote in billigen Horrorfilmen.«

»Du triffst den Nagel auf den Kopf, mein Lieber. Ich bin eine Mumie«, entgegnete Willy mit einem gequälten Lächeln, das seinen Schmerz notdürftig kaschierte.

»Fahren wir nun nach Stilo, oder nicht?«, plärrte Willy am nächsten Morgen – in meine Gedankenverlorenheit hinein.

»Ich dachte, du wolltest heute nach Nadole?«

»Da können wir auch morgen noch hinfahren.«

Andrei schob seine Pfeife von einem Mundwinkel zum anderen:
»Ein weiser Entschluss. In dem Leuchtturm hängt eine Infrarotaufnahme vom Wrack der Gustloff. Man sieht dort, an wie vielen Stellen sie auseinandergebrochen ist. Sehr interessant. Außerdem gibt es dort eine Bildergalerie. Viele örtliche Maler haben dort ihre Werke ausgestellt. Typische Ostseemotive: Schiffe und Küstenbilder. Alles sehr beschaulich.«

Der Weg hinter dem Waldparkplatz war beschwerlich. Ich schob Willy so gut ich konnte über die Schotterstraße, die später in einen befestigten Waldweg überging. Durch Kiefern und Fichtenwäldchen bis zum Strand – und dort kamen wir nicht weiter. Ein Leuchtturm war weit und breit nicht in Sicht.
Willy blieb den ganzen Weg über ruhig, wahrscheinlich weil er meine

konzentrierte Anstrengung nicht unterbrechen wollte.

Jetzt standen wir auf einem Bohlenweg und blickten auf die Ostsee.

»Wir haben uns verfahren. Hier ist kein Leuchtturm«, murmelte er.

Am Horizont kreuzte ein Segelboot.

»Dein Vater wollte mit so einem Segelboot abhauen.« Er deutete mit der ausgestreckten Hand auf das Boot.

»Nachdem er aus Bautzen zurückgekehrt war. Aber ich weiß nicht, was daraus geworden ist. Wir haben uns danach nicht wieder gesehen.«

Das Boot verschwand in einem Wellental und ich schob Willy ein Stück zurück, sodass wir das Meer und den Horizont nicht mehr sehen konnten.

»Wieso saß mein Vater in Bautzen?«

»Er ist angeblich betrunken Auto gefahren und hat einen Unfall verursacht, erzählte mir ein Kollege von uns. Ein anderer meinte, dein Vater hätte einen Fluchtversuch unternommen. Wollte angeblich über die Ostsee, im Windschatten einer Fähre, mit einem selbstgebauten Fluchtfahrzeug abhauen.«

»Klingt wahrscheinlicher.«

»Würde auch zu dem Segelboot passen, das wir gerade sehen. Ja, dein Vater war ein Tausendsassa, der ab und zu auf die Schnauze fiel.«

Willy lächelte versonnen in sich hinein.

Ein vorbeikommender Jogger erzählte uns, dass der Leuchtturm auf der anderen Seite sei und deutete einen bewaldeten Hügel hinauf.

Der Leuchtturm stehe im Wald – auf diesem Hügel dort, und der Weg sei beschwerlich, für einen Mann im Rollstuhl und für einen Mann, der diesen Rollstuhl schiebt.

»Das schaffen wir nicht«, sagte Willy wenig später, als wir vor dem Sandweg standen, der sich den Hügel hinaufschlängelte.

»Sieht so aus, Willy.«

»Wenn du möchtest, kannst du alleine dort hochmarschieren. Ich warte hier auf dich. Du brauchst keine Angst zu haben. Ich laufe dir nicht weg.«
»Ich gehe ohne dich da nicht hinauf.«

16

In Nadole schob ich Willy durch den hölzernen Pavillon bis zu dem Geländer, von dem aus er über den See blicken konnte.

Er ließ seinen Blick lange über das Wasser und die umgrenzenden Wälder schweifen.

»Nein«, meinte er, »hier war es nicht. Der See war kleiner, wesentlich kleiner«, bemerkte er enttäuscht. Abrupt griff er in die Räder seines Rollstuhls und machte selbstständig eine Kehrtwendung in Richtung Pavillon.

»Und nun?«

Es war der Schlusspunkt einer ganzen Reihe von Frustrationen an diesem Vormittag.

Willy hatte im Frühjahr des Jahres 1945 in dieser Gegend bei einem Bauern gearbeitet. In Nadole und Umgebung, meinte er. Am Zarnowitzer See oder in der näheren Umgebung des Sees, in Krockow oder Zarnowitz –

vielleicht in Tillau oder Rieben. Wir umrundeten den See, fuhren durch unzählige Ortschaften. Die Landschaft sei flach gewesen, erzählte Willy. Ein andermal war sie hügelig mit viel Baumbestand.

Es waren zu viele Jahre vergangen und Willys Erinnerung wies beachtliche Lücken auf. Der Bauer damals sei gut zu ihm gewesen. Es gab Essen und ein wenig Familienanschluss, berichtete er, und er wolle das Anwesen, den Hof, noch einmal sehen und sich bedanken.

»Bei wem denn bedanken, Willy? Du hast hier vor siebzig Jahren für kurze Zeit gelebt. Die Leute, die du damals kanntest, sind doch längst tot.«

»Vielleicht leben die Kinder noch. Der Bauer hatte einen Sohn, soweit ich mich erinnere, der war wenig älter als ich.«

Ich schüttelte genervt den Kopf.

»Der Bauer hat damals unsere gesamte Familie mit Lebensmitteln versorgt. Er war gut zu uns.«

»Gut Willy. Ich verstehe.«

Wir suchten weiter. In Zarnowitz, gegenüber vom Benediktinerkloster, entdeckten wir im Vorbeifahren ein Haus mit einer im Backstein eingelassenen Gedenktafel.

»Halt mal an!«

Ich wendete bei der nächsten Gelegenheit, fuhr zurück und stellte den Wagen auf dem Parkplatz vor dem Klostergelände ab.

Willy verließ mit seinen Krücken so schnell das Fahrzeug, dass ich nicht hinterherkam.

Anno 1909 Gemeindeschule stand auf der Gedenktafel. Er wolle einmal kurz um das Gebäude herumgehen, meinte Willy. Ich könne hier entspannt auf ihn warten.

Es dauerte eine Zeit lang, bis Willy wieder auftauchte. Er habe mit einem Mann gesprochen, der sehr gut

deutsch sprach, aber der wusste über die damalige Zeit nicht mehr Bescheid. Über den Bauern, dessen Name Willy entfallen war, konnte er natürlich nicht viel sagen. Es gebe noch viele alteingesessene Bauern in der Gegend, meinte er, aber ohne den Namen zu kennen, sei es schwierig, etwas Genaueres zu sagen. Sie hätten sich dennoch gut unterhalten.
»Also weiter.«

»Und nun?«
Willy stand sonnengeschützt unter dem Pavillon in Nadole und wusste nicht mehr weiter.
»Ich bringe alles durcheinander. Finde nichts mehr wieder. Alles ist verloren. Ich war fest davon überzeugt, dass wir hier richtig wären, sich hier alles abgespielt hat.«
»Was meinst du mit abspielen?«
»Die Geschichte mit Marlene, meine ich.«

Nachdem er den Namen ausgesprochen hatte, verstummte Willy, senkte den Kopf und schloss die Augen.
»Mensch Willy, manchmal muss man dir jedes Wort aus der Nase ziehen.«

Marlene sei mit ihrer Mutter unterwegs gewesen, erzählte Willy. Einer zuerst streng wirkenden, aber doch warmherzigen Dame mittleren Alters. Marlene sei das Nesthäkchen der Familie betonte sie immer wieder. Sie hatte noch einen älteren Bruder, der an der Front kämpfte, oder sich in Gefangenschaft befand, das wusste keiner so genau. Marlene jedenfalls, die Wohlbehütete, saß manchmal auf diesem Stein vor der großen Scheune und schaute versonnen in sich hinein. So erschien es Willy jedenfalls, weil sie dort oft saß, wenn er vorbeiging, mit seiner Melkerschürze und dem schwarzen Käppi auf dem Kopf. Mit dem Käppi berührte er beim Melken mit leicht nach vorne gebeugtem Kopf den Bauch der Tiere, fühlte durch den Stoff hindurch ihre wohlige Wärme.

Irgendwann sprach er Marlene an. Es war an dem Tag – er erinnerte sich genau – als sie an den Stein angelehnt stand und in das innere einer gläsernen Murmel blickte. Er weiß es noch genau, weil sie später beide in diese Murmel blickten. Gegen die Sonne gehalten war es ein Blick in die weite des Universums - auf Schlieren wie verendende Sternschnuppen. Eine Welt, die weit entfernt von ihrer eigenen war, ihrer eigenen, so unbestimmbaren Realität.

Er bat sie an diesem Nachmittag mitzukommen. Sie könne ihm helfen, die Tiere zu füttern und ihm beim Melken zuschauen, wenn sie Lust dazu hätte. Es gefiel ihr, etwas zu tun – auf irgendeine Weise nützlich zu sein, sagte sie und kam von da an jeden Nachmittag mit.

Am Abend spielten sie mit der Murmel. Sie ließen sie durch das kurz geschnittene Gras bis zum Scheunentor rollen und markierten dann mit einem Stöckchen ihre jeweilige Position. Not macht erfinderisch.

Die Schwierigkeit bestand darin, an dem großen Stein, der eigentlich ein Fels war, vorbeizuwerfen. Er beobachtete, wie geschickt sie mit dieser Glaskugel umging, wie sie ihren Körper beugte und streckte, und wie herzlich sie lachte, wenn ihr etwas Ungewöhnliches mit der Kugel gelang.

Irgendwann entdeckten sie den kleinen See, unweit des Hofes und dennoch fünfzehn Gehminuten entfernt – und herrlich abgelegen.

Der See war umgrenzt von dichten Laubbäumen und einer strauchbewachsenen Insel.

Es gab nicht mal einen Steg, der ins Wasser führte, nur Entengrütze hinter dem schmalen Schilfgürtel. Sie entdeckten auf einer der Seiten des Sees ein kleines Stückchen Rasen, auf das man sich setzen konnte, um über das Wasser bis zu den angrenzenden Feldern des Gutes zu schauen.

Von diesem Tag an saßen sie dort bei jeder Gelegenheit und erzählten sich Geschichten aus ihren noch so kurzen Leben. Obwohl sie noch so jung waren, besaßen sie schon ein Füllhorn an Erinnerungen. Fast wie alte Menschen. Zwei Jugendliche, die aus derselben Stadt kamen, wie sie feststellten, wenn auch aus unterschiedlichen Stadtteilen.

Irgendwann küssten sie sich. Willy wusste nicht mehr genau, wann es geschah. Vielleicht nach einem Gespräch, in dem sie tiefe Verbundenheit und Zuneigung spürten oder einfach so: Ein unbedachtes Vorbeugen, eine Drehung des Kopfes in die Richtung des anderen, ein unbewusstes Streifen der Gesichter, die Berührung ihrer Hände, ein fahriges, kaum registriertes Streicheln. Der erste Kuss war eine Sensation. Eine Explosion der Sinne.

Eine Verschmelzung, die Willy in seinem späteren Leben nie wieder erfuhr. Dann begangen sie mit dem Schwimmen. Organisierten sich Badetücher, was schwer genug war in diesen Tagen, und tauchten in das noch kalte Wasser.

Es war Mai und der Krieg gerade zu Ende, ohne dass sie es wussten. Sie wussten nicht viel von der Welt um sie herum. Sie waren dabei, ihre eigene kleine Welt entstehen zu lassen.

Das Wasser war kalt und sanft. Die einzigen Geräusche, die sie wahrnahmen, war das Eintauchen ihrer Hände und Arme in die glatte Wasseroberfläche, das Erzeugen von kleinen Wellen, die durch die Wasserverdrängung entstanden. Auf dem Rücken schwimmend schauten sie in den Himmel und sahen den vorbeiziehenden Wolken nach.

Später, als sie auf ihren Badetüchern lagen, sah er wie kleine Rinnsale Wasser aus ihren Haaren über ihr schönes Gesicht liefen.

Ja, an all diese Dinge erinnere er sich mit einem absoluten Wohlgefühl, erzählte Willy und gleichzeitig quäle ihn etwas Wesentliches. Dabei sah er mich direkt an. In seinem Gesicht spiegelte sich etwas Dramatisches. Es gibt kein Gesicht zu diesen Erinnerungen. Willy wusste nicht mehr, wie seine Marlene aussah.
»Stell dir mal vor. Kein Gesicht!«
Dieser Umstand machte ihm zu schaffen. Ja, dieser Umstand war sogar der Zweck unserer Reise. Jetzt war es heraus.
»Gibt es eine Chance, in dieser Angelegenheit weiterzukommen«, fragte ich.
»Wir müssen den Gutshof finden.«
»Wir haben doch schon überall gesucht.«
»Nicht hier, wir müssen noch ein ganzes Stück weiter fahren, ins Ermland.«

»Also nicht die Bauernhäuser weiter abgrasen?«

»Nein. Offensichtlich hat mir meine Erinnerung einen Streich gespielt. Mein Gott, das ist alles schon so lange her. Die Geschichte mit dem Bauern hat sich offensichtlich später ereignet. Nachdem wir weitergezogen sind. Wir mussten den Gutshof nämlich räumen. Wir mussten das Land verlassen. Verstehst du? Aber es gibt eine Chance, die auch gleichzeitig die letzte Möglichkeit ist. Mehr kann ich dazu nicht sagen.«

»Wo müssen hinfahren?«

»In den Nordosten. Nach Galiny. Das liegt ungefähr siebzig Kilometer vor Königsberg.«

»Aber noch in Polen? Für Königsberg hätten wir nämlich ein Visum beantragen müssen.«

»Ich weiß. Es liegt noch in Polen. Ich habe uns auf einem Gutshof zwei Zimmer gebucht. Das muss ganz in der Nähe des Ortes liegen, von dem

ich die ganze Zeit sprach. Das ist die einzige noch verbleibende Chance.«
»Du hast das alles vorher gewusst?«
»Mein lieber Karl. Du hast ein Gedächtnis wie ein Sieb. Erst neulich habe ich mit dir über die drei Möglichkeiten gesprochen, die drei Stationen unserer Reise.«
»Stimmt. Ich erinnere mich. Wann müssen wir dort die Zimmer beziehen?«
»In zwei Tagen.«
»Und wenn du nicht findest, was du suchst?«
»Dann ist das traurig.«
Willy stieß einen leichten Seufzer aus.
»Dann ist es endgültig. Aber dann ist es so – und lässt sich nicht mehr ändern.«

17

Die erste Zeit mit Ruth: Wir lagen in einem Dünental und schauten in den wolkenlosen Himmel hinein. Ihr Haar verströmte den besonderen Duft von jungem Getreide, wenn meine Nase um ihren Kopf wanderte, beim Umherstreifen, beim Suchen nach ihrem Mund.
Sie hatte ihr T-Shirt und ihren Büstenhalter gelöst. Wie verloren lagen die beiden Kleidungsstücke ineinander verwickelt im Sand. Sie lag mit freiem Oberkörper da und die warme Sonne, in Verbindung mit der frischen Luft, die von der See herüberwehte, ließ ihre Haut frösteln.
Meine Reise führte vom Mund über ihr markantes Kinn, weiter über ihr Dekolleté – bis zu den harten Brustwarzen, die meiner Zunge Widerstand boten. Sie löste den Knopf ihrer Jeans und schob die Hose einige Zentimeter nach unten. Ich wanderte weiter bis zu

ihrem Bauchnabel und küsste ihn, ließ meine Zunge darin kreisen. Ich fasste nach dem Bund ihres hervorlugenden Höschens und nahm den betörenden Duft wahr, der von der unteren Region ihres Körpers aufstieg, bis sie ihre flache Hand auf die Fläche zwischen Bauchnabel und Hosenbund legte und meine Entdeckungsreise unterbrach.

Auf dem gegenüberliegenden Dünenkamm tauchten Spaziergänger auf: Ein Paar, dessen Füße sich mühsam durch den Sand kämpften. Sie hielten sich an den Händen fest. Die Frau rutschte immer wieder seitlich ab und musste ihren Schritt korrigieren und brachte damit ihren Partner fast zum Stolpern. Strauchelnd und dabei lachend bewegte das Paar sich vorwärts. Der Mann trug eine Umhängetasche, die bei jeder Bewegung schlackerte, die Frau in ihrer freien Hand ein zusammengerolltes Handtuch.

Ruth und ich beobachteten die Beiden, wie man entfernte Leidensgenossen betrachtet, beneideten sie vielleicht um eine Zukunft, die wir niemals haben würden. Aber das wussten wir damals natürlich noch nicht.

18

»Sie können mich Wojtek nennen«, sagte der freundliche Herr an der Rezeption, »und mit allen Fragen zu mir kommen. Scheuen Sie sich nicht zu fragen.«
Der junge Mann sprach ausgezeichnet deutsch. Zimmer im Parterre des Gebäudes seien für uns hergerichtet; sicherlich seien wir von der langen Anreise erschöpft und müssten uns erst einmal ausruhen und frischmachen. Abendessen werde um neunzehn Uhr serviert.

Es war eine anstrengende Reise gewesen, fast dreihundert Kilometer von unserer letzten Station entfernt.
Andrei hatte uns Pfeife rauchend noch lange hinterhergewinkt und uns viel Glück bei unserer Spurensuche gewünscht.
Wir hatten Danzig auf der Umgehungsstraße links liegengelassen und

waren der Straße 7 bis Elbląg gefolgt. Willy war während der Fahrt ein stiller, grüblerischer Beifahrer gewesen, der konzentriert aus dem Fenster sah und die Landschaft in sich aufnahm, wie ein Ertrinkender.

An wichtigen Schnittpunkten hatte er auf die Karte gesehen, die vor ihm ausgebreitet auf den Knien lag.

»Von Elbląg fahren wir die Sieben weiter bis Paslek, dem ehemaligen Preußisch Holland, dann die 513 über die Dörfer, bis Heilsberg. Lidzbark Warmiński nennt sich das heute, und dann die 51 bis Bartenstein, von dort ein kleines Stück die Landesstraße 57 Richtung Bischofsburg runter. Voilà – und schon sind wir am Ziel unserer Reise.«

Wojtek war am ersten Abend diensthabenden Restaurantleiter und kümmerte sich rührend um uns. Nach dem Abendessen setzte er sich zu uns an

den Tisch und fragte uns nach dem Ziel unserer Reise.
»Jugenderinnerungen«, sagte Willy.
»Sehr viele alte Leute besuchen uns hier. Sie müssen wissen, wir liegen nur ungefähr 25 Kilometer Luftlinie von der russischen Enklave entfernt. Das ehemalige Königsberg ist nur knapp 65 Kilometer entfernt.
»Ich bin in Königsberg geboren.«
Willy zeigte sich sichtlich bewegt.
»Im Krieg hat der ehemalige Gutsbesitzer viele Flüchtlinge aufgenommen. Die Trecks zogen hier vorbei – auf dem Weg nach Westen.«
»Ich weiß.«
Als Wojtek aufgestanden war, um sich um seine anderen Gäste zu kümmern, schnäuzte Willy in sein Taschentuch:
»Ich habe keine Erinnerung an diesen Ort.«
»Nicht so voreilig. Wir sehen uns Morgen in aller Ruhe um.«
Willy senkte den Kopf. Die Reise hatte ihn erschöpft.

Schon am nächsten Vormittag machten wir eine Entdeckung.

Willy wollte zuerst auf dem holprigen Kopfsteinpflaster vor dem Hauptgebäude nicht mit dem Rollstuhl gefahren werden und bestand darauf, die Krücken zu verwenden. Er fühle sich damit beweglicher und gerade heute, bemerkte er lächelnd, sei er gut zu Fuß und guter Dinge. Seine Stimmung hatte sich spürbar verbessert und auch ich war voller Tatendrang.

Als ich nach dem Aufstehen meine Wunden versorgte – meine Haut an dem betreffenden Bein war noch sehr dünn und an einigen Stellen noch nicht geschlossen – dachte ich daran, wie die erlebnisreichen vergangenen Tage mit Willy sich in mein Bewusstsein gebrannt hatten und damit die Zeit irgendwie anhielten.

Ich hatte das Gefühl, schon lange Zeit mit Willy unterwegs zu sein, obwohl erst einige Tage seit unserer Abreise vergangen waren.

Die Erlebnisse und die vielfältigen Eindrücke bewirkten das Wunder, und wie als Bestätigung für diese These sah ich, dass die Uhr am Hauptgebäude des Gutes stehengeblieben war. Irgendwann hatten die Zeiger offensichtlich beschlossen, sich nicht mehr weiterzubewegen. Ein gutes Omen, dachte ich, und die darauf folgenden Ereignisse sollten mir rechtgeben.

Willy balancierte mit seinen Krücken vom Hauptgebäude weg in Richtung Parkplatz. Er hatte seine Weste im Auto liegengelassen und empfand die Luft an diesem schönen Herbstmorgen als zu kühl. Ich folgte ihm mit dem Autoschlüssel in der Hand bis zum Abzweig des Weges, der geradeaus zum Parkplatz führte.

Zu unserer Rechten verzweigte sich der Weg und wir sahen ein großes scheunenartiges Gebäude und davor – einen großen Stein.

Willy erstarrte. Er blieb wie angewurzelt stehen.

Ich fragte mich, warum mir gestern, bei unserer Anreise, die Gebäudeanordnung nicht aufgefallen war, und erinnerte, dass der Weg durch einen großen Traktor mit einem noch größeren Gülletankanhänger versperrt gewesen war.
Willy löste sich aus seiner Starre und deutete mit einer schnellen Handbewegung an, ihm zu folgen. Er blieb vor dem Stein stehen und berührte ihn andächtig.
»Das ist er.«
Ich hatte das Gefühl, dass er sich dabei kaum noch auf den Beinen halten konnte. Er lehnte sich an den Stein und holte tief Luft: »Ich kann es nicht glauben. Er ist es.«
Hinter dem Stein wucherte ein riesiger Rhododendronbusch, dessen gerade verblühte Blattreste überall verstreut herumlagen, bis zu dem Tor der leicht verwitterten Scheune, deren obere Hälfte ein mächtiges Fachwerk zierte.

Willy ging nach einer kurzen Phase der Erholung zielstrebig auf die Scheune zu, blieb vor dem großen Tor stehen und versuchte es zu öffnen. Er rüttelte energisch an dem rostigen Eisenschieber.
»Das Tor ist abgeschlossen. Die Besitzer wollen sicherlich nicht, dass jeder ihrer Gäste die Scheune betritt.«
»Es muss einen Schlüssel geben.«
Willy zerrte wieder und wieder an dem Tor, doch der Schiebehaken bewegte sich kaum. Willy griff in das Holz der Tür, die etwas über die Mauerkante hinausstand.
»Da ist ein Widerstand, ich spüre einen Widerstand.«
»Jetzt beruhige dich erst mal Willy. Warum willst du unbedingt in die Scheune hinein?«
Willy hielt einen Moment inne und holte dann tief Luft.
»Ich habe dort etwas deponiert.«
»Bitte was?«

»Du hast richtig gehört. Ich habe damals hier etwas deponiert.«
»Du kannst nicht allen Ernstes glauben, dass sich nach so langer Zeit die Dinge noch an ihrem Platz befinden.«
»Ich möchte trotzdem nachsehen.«
»In Ordnung. Dann sollten wir versuchen, einen Schlüssel zu organisieren.«

Wojtek hatte Dienst an der Rezeption und konnte nach einiger Überredung tatsächlich einen Schlüsselbund auftreiben. Seine Bedingung war allerdings, dass er bei einer möglichen Entdeckung anwesend sein wollte. Schließlich war es möglich, dass es sich bei den Gegenständen um Hoteleigentum handelte.
Als wir ankamen, war Willy immer noch mit der Tür beschäftigt und murmelte unverständliche Worte vor sich hin. Seine Krücke hatte er an die Wand der Scheune gelehnt. Er hielt sich an der Türkante fest.

»Wir haben einen Schlüssel«, schrie ich von weitem.
»Hier ist es, ich bin mir sicher«, murmelte Willy vor sich hin.

Routiniert öffnete Wojtek das Tor. Wir schoben es gemeinsam über die Rasenkante. Im Innern stand ein Gülletankfahrzeug. Es war das Fahrzeug, das uns am vorherigen Tag die Sicht versperrt hatte.
»Wie ist der dort hinein gekommen?«
Willy deutete auf den großen Stein und Wojtek hob fast gleichzeitig seine Hand.
»Auf der anderen Seite gibt es noch eine Tür.«
Willy trat ins Innere der Scheune. Zu unserer Linken erstreckte sich in beachtlicher Höhe eine Art Heuboden. Ich nahm den Geruch von Stroh wahr. Im Sonnenstrahl flirrten Staubpartikel. Willy blieb wie angewurzelt stehen und schaute sich um.
»Nein. Hier war es nicht.«

Seine Stimme klang tonlos und weit entfernt, wie aus einem tiefen Brunnen.

»Mensch, Willy, du warst dir doch so sicher.«

»Wir sind ganz nah dran. Glaub mir, Karl, aber hier war es nicht.«

Wojtek hob abermals seine Hand.

»Es gibt nebenan noch einen Raum. Vielleicht sollten wir dort einmal nachsehen.«

Die Tür zu dem Raum befand sich an der linken Seite der Scheune, verdeckt von Wildrosenbüschen. Der Putz des Mauerwerks war hier großflächig abgebröckelt und ließ dahinter eine marode Backsteinwand erkennen.

Wojtek öffnete die verwitterte Tür und wir betraten eine Art Geräteschuppen.

»Ich kenne diesen Raum nicht, muss ich gestehen. Alles Mögliche wird hier gelagert.«

Wojtek kratzte sich fragend den Haaransatz.

»Unser Verwalter könnte wahrscheinlich besser Auskunft geben.«

Willy war an uns vorbei in den Raum gehumpelt. Alte Lattenroste und Türen unterschiedlichster Bauart lehnten an Fachwerkbalken. Dielenbretter und Backsteinreste komplettierten das Ensemble. Willy ging wortlos aber zielstrebig auf ein Holzgewerk zu und hielt inne.
»Könnt Ihr so nett sein und die Türen etwas zur Seite stellen?«
Er deutete mit seiner Krücke auf die andere Seite neben ein kleines Fenster. Wojtek und ich stellten die Türen und einige nicht definierbare Gegenstände zur Seite und der alte Mann ging in die Knie.
»Siehst du die Aussparung im Mauerwerk, Karl?«
Am unteren Ende der Backsteinmauer ragte eine Art gemauerter Trog in den Raum, zumindest ähnelte das Gebilde

einer schon längst nicht mehr genutzten Futterstätte für Tiere.

»Den letzten Stein auf der rechten Seite kannst du abheben.«

Der Trog schien von Millionen von Spinnwebennetzen umwoben. Ein paar nervöse Schwalben zirpten um uns herum.

»Dafür muss ich leider eine Schmutzzulage von dir verlangen.«

Als ich mich zu Willy umdrehte, sah ich ihn lächeln.

Ich griff nach dem von Grünspan überzogenen Stein und hob ihn an. Darunter befand sich noch ein Stein, der ebenfalls locker zu sein schien. Wojtek starrte fassungslos auf das Geschehen, umso mehr, als er sah, wie ich schließlich eine verrostete Blechdose zum Vorschein brachte, die sich unter dem zweiten Stein verkantet hatte. Verrostet ist vielleicht nicht der richtige Ausdruck. Sie bestand fast vollständig aus rotbräunlichem Rost und schien, sich jeden Moment aufzulösen. Als ich Willy die Dose reichen wollte, rutschte sie mir aus der Hand und schlug neben dem anderen Gerümpel auf dem Steinboden auf. Dabei öffnete sich der Deckel, oder das, was von ihm übrig war, und eine kleine Ledertasche fiel heraus. Eine leicht vermoderte Wildledertasche.

»Meine Güte, sie ist es«, stammelte Willy.

Er stürzte sich auf die Tasche und öffnete sie schnell. In ihr befand sich eine kleine Brieftasche, die relativ unbeschädigt die lange Zeit überstanden zu haben schien. Aus der Brieftasche fielen Papiere und ein paar Fotos.

Die Schwalben flogen jetzt in kleiner Formation unter die Dachbalken.

»Ich muss mich hinsetzen.«

Wojtek hatte plötzlich einen alten Melkschemel in der Hand und reichte ihn Willy. Der warf seine Krücke vor sich hin, setzte sich und griff nach den um ihn herum verstreuten Papieren. Sekunden später hielt er ein Foto in seiner zunehmend zitternden Hand. Seine Mundwinkel begannen zu zucken und sein Gesicht verzog sich zu einer lächerlichen Clownsmaske. So sieht es aus, wenn alte Männer weinen.

Wojtek tippte mich kurz an und wir wandten uns ab und ließen den alten Mann allein mit sich und seinen Erinnerungen.

Draußen übergab mir Wojtek den Schlüssel.

»Wenn sie fertig mit allem sind, geben sie den Schlüssel einfach wieder an der Rezeption ab. Ich habe gesehen, dass in dieser Angelegenheit kein Hoteleigentum involviert ist.«

Er ging lächelnd und mit einer Spur wehmütigen Mitgefühls.

Ich folgte ihm ein Stück und setzte mich auf den Stein vor der Scheune, um dort auf Willy zu warten. Eine schwarze Katze hatte sich unter dem Rhododendron versteckt und starrte mit einer Mischung aus Angst und

Neugierde zu mir hinüber. Wir hatten Unruhe in ihr Revier gebracht. Die Schwalben umkreisten mich hektisch in der Luft, und Willy in der Scheune schien am Ziel seiner Reise angelangt zu sein.

Ich wusste nicht, ob ich mich darüber freuen sollte oder nicht.

Denn gleichzeitig markierte dieser Umstand das nahe Ende unserer Reise.

Von Zeit zu Zeit vernahm ich Willys Wimmern, seine aufgewühlten Emotionen. Eine wehmütige Stimmung erfüllte mich; und die Katze vor mir im Gebüsch begann, sich ihre Pfoten zu lecken.

Am Abend servierte uns Wojtek eine köstliche Sauerteigsuppe im rustikalen Restaurant des Gutes.

In der herzhaften Suppe schwammen hartgekochte Eier und Schinkenstücke. Es gab Schwarzkümmelbrot und hausgemachte Leberwurst.

»Wir mussten damals fluchtartig das Gut verlassen. Mir blieb keine Zeit mehr, mein Versteck zu räumen und natürlich habe ich im Leben nicht damit gerechnet, so lange Zeit nicht mehr hierher zurückkehren zu können. Ich war naiv, fast noch ein Kind.«
Willy schob mir über den Tisch eine Fotografie zu.
Marlene.
»Ich habe nicht mehr gewusst, wie sie aussah, und sie trotzdem sofort wiedererkannt.«
Er stieß einen tiefen Seufzer aus.
»Das ist für mich wie eine Heimkehr.«
Wojtek servierte die Piroggen und fragte uns, ob wir noch etwas zu trinken wünschten.
»Zweimal Komtur.«
Das erstaunlich gut erhaltene Bild zeigte die Porträtaufnahme eines Mädchens, fast einer jungen Frau, in einer nachdenklichen Pose: den Kopf leicht schräg auf die linke Hand gestützt. Mit der gestreckten rechten

Hand schien sie ihr Gesicht aufzufangen, drückte damit gleichzeitig Zärtlichkeit und die Sehnsucht nach Geborgenheit aus. Ihre hellen Augen blitzen offen und sinnlich.
»Ja«, sagte ich, »so ähnlich habe ich mir Marlene vorgestellt.«
Ich gab ihm das Bild zurück.
»Marlene und ihre Mutter sind vor uns abgereist. Der Russe stand ja buchstäblich schon vor unserer Tür. Aber sie nahm sich noch die Zeit, mir das Foto vorbeizubringen und einen kleinen Brief. Es blieb nicht viel Zeit für eine große Abschiedszeremonie. Es ging alles sehr schnell. Ich konnte nicht einmal weinen.«
Willy schob seinen Teller beiseite. Er starrte auf die Tischplatte. Wojtek kam mit zwei kleinen Gläsern zurück und einer Flasche:
»Bitte sehr, die Herren. Zur Feier des Tages Wódka Żołądkowa Gorzka. Die Flasche bleibt auf dem Tisch.«

»Hast du mal versucht, nach dem Krieg, deine Marlene zu suchen?«

»Ach, was glaubst du denn? Das wäre die buchstäbliche Suche nach der Nadel im Heuhaufen gewesen. Ich kannte doch nicht einmal ihren Nachnamen.«

»Na zdrowie.«

Willy leerte den Inhalt seines Glases mit einem Schluck. Dann langte er mit seiner Hand zu mir hinüber und ergriff meinen Unterarm:

»Ich würde mir zutrauen, mit dir zusammen, es noch einmal zu versuchen.«

Ich kippte etwas von dem Wodka in unsere Gläser.

»Das ist doch sinnlos. Nach dieser langen Zeit findest du doch nur noch Fragmente – Knochen. Das musst du dir wirklich nicht antun.«

»Aber mit dir zusammen, gemeinsam, könnten wir es schaffen«, wiederholte Willy, vom Wodka nun schon leicht angeschwiemelt.

»Da macht es mehr Sinn, denke ich, nach meiner Mutter zu forschen.«
»Warum denn das, um alles in der Welt?«
Willy sah mich entsetzt an.
»Na hör mal. Du hast mir den Mund wässrig gemacht, und jetzt willst du mich im Regen stehenlassen?«
»Wieso im Regen stehenlassen?«
Willys Augen schimmerten wässern.
»Erinnerst du dich daran?«
»An was?«
»Du hast mir von meiner Mutter erzählt.«
»Ich wollte, ich hätte es nicht getan.«
Wojtek kam vorbei und füllte erneut unsere Gläser.
»Wir hatten eine Abmachung und dazu kommt, dass du mir sowieso relativ wenig erzählt hast. Das ist alles von deiner Suche nach der eigenen Vergangenheit absorbiert worden. Ja, um ganz ehrlich zu sein, ich fühle mich, als wäre ich bei dieser ganzen Geschichte, deiner Suche nach deiner

Vergangenheit, auf der Strecke geblieben.«

Nun war es heraus. Ich trank den Inhalt meines Glases mit einem Schluck und füllte sofort wieder nach.

Willy starrte jetzt versonnen auf die Tischplatte neben seinem Schnapsglas. Er strich mit seinem Zeigefinger zart über die Maserung der Platte, als erwarte er von ihr die Antwort auf eine Frage, die niemand gestellt hatte. Seine Mundwinkel begannen zu zucken wie bei einem Menschen, der langsam die Kontrolle über seine Körperfunktionen verliert.

»Es wäre besser gewesen, wenn ich dir gar nichts erzählt hätte.«

Einen kurzen Moment hatte ich den Eindruck, als müsste er mühsam Tränen zurückhalten.

»Was soll das nun wieder heißen?«, hakte ich etwas ungehalten nach.

»Es ist wie es ist. Scheiße mit Reisse!«

Das nächste Glas Wodka.

»Mensch Willy, lass dir doch nicht jedes Wort aus der Nase ziehen.«
»Du hast gut reden. Du hast ja nicht gelogen.«
Willy füllte sein Glas und kippte es schnell hinunter. Ich war nahe dran, ihn über den Tisch zu ziehen. Diesen alten Mann, der mir wie ein krummer Ast gegenüber saß und in Rätseln zu mir sprach.
»Spuk es aus. Verdammt noch mal!«
Willy sprang wie von der Tarantel gestochen auf.
»Es war alles erstunken und erlogen«, schrie er. Speichel spritzte aus seinem Mund.
»Wie bitte?«
Willy Stimme drang wie durch Nebel zu mir hinüber.
»Ich habe deinen Vater so gut wie gar nicht gekannt.«
So schnell wie er aufgesprungen war, setzte er sich wieder und füllte unsere Gläser nach.
»Aber…die Postkarte?!«

»In unserer Abteilung war es Usus, sich gegenseitig Karten zu schreiben, obwohl wir nur Kollegen waren. Einfach so. Verstehst du?«

»Und die Geschichte mit meiner Mutter?«

»Die habe ich spontan erfunden. Diese neue Kollegin, die angeblich sogar eine Art von Spion gewesen sein sollte, hieß Elisabeth und wurde später meine Frau. Ja, meine verstorbene Frau war eine Art Vorlage für deine Mutter.«

Ich glaubte einen Moment, so etwas wie Stolz über seine Erfindungsgabe in seinen Augen entdecken zu können, und das machte mich wütend. Nur mein Respekt vor seinem hohen Alter verhinderte, dass ich ihm mit der Hand ins Gesicht schlug.

»Das ist alles eine bodenlose Gemeinheit von dir. Und die Geschichte mit dem Schwimmbad, eure Unterhaltungen?«

»Auch das entstammt alles dem Reich meiner Fantasie. Ist mir einfach so eingefallen.«

»Mein Gott, Willy! Warum hast du das getan?«

»Du wärst doch niemals mit mir gekommen. Stimmt doch, oder? Diese Reise hättest du niemals mit mir gemacht.«

Ich hielt es auf meinem Stuhl nicht mehr aus und sprang auf. In meinem Kopf drehte sich alles.

»Alleine in meiner Bude hättest du mich verrotten lassen. Ohne mit der Wimper zu zucken«, schrie Willy.

Ich stürzte an dem verdutzten Wojtek vorbei ins Freie.

»Du hättest mich niemals auf diese Reise begleitet«, blökte Willy durch den Saal. Sein Schreien war noch draußen zu hören, in dem kleinen Gartenstück vor dem Eingang, wo ich mich übergab.

Alles hatte sich verändert. Das gemeinsame Haus unserer Reise zeigte seine hässliche Fassade.

Es war dunkel und ich stolperte über den Hof zu den Pferdeställen. Die Boxen waren verlassen. Wahrscheinlich befanden sich die Tiere noch auf den umliegenden Weiden. Ich beschloss spontan, mir die Umgebung des Gutes anzuschauen, weil ich nicht die geringste Lust verspürte, in den Speisesaal zurückzukehren.

Ich konnte Willys Anblick nicht mehr ertragen. Wie hatte er mich nur derartig belügen können. Wieso hatte er mir das angetan?

Die Landschaft vor mir erstreckte sich leicht hügelig und ich folgte einem Pfad, der im satten Mondlicht matt schimmerte. Einem Pfad, am Saum eines Waldes entlang, der mich nach kurzer Zeit zu dem See führte.

Er lag genauso, wie Willy ihn beschrieben hatte. Wenigstens in diesem Punkt hatte er mich nicht belogen.

Als ich mich dem See weiter näherte, sah ich den hölzernen Badesteg, den es zu Willys und Marlenes Zeiten noch nicht gegeben hatte. Eine Leiter führte von dort ins Wasser.

Es war eine helle Nacht. Das Mondlicht schaukelte auf dem Wasser bis zu der kleinen Insel hin, die vollkommen von Schilf überwuchert schien.

19

Ich betrete den Raum, der wie das Aufwachzimmer eines Krankenhauses auf mich wirkt. Vor dem geschlossenen Fenster sehe ich die spanische Wand und dahinter das Bett, in dem Willy schläft. Ich trete an das Fußende des Bettes und schaue auf den schlafenden Willy. Seine Gesichtszüge sind entspannt. Eine Stimme aus dem Off meldet sich. Zuerst ist es nur unverständliches Gebrummel. Dann folgt der erste verständlich formulierte Satz: »*Was bin ich denn, ohne dich, Willy?*«
Jetzt erkenne ich, dass die Stimme aus dem Off meine Eigene ist, und fast gleichzeitig öffnet Willy seine Augen. Es dauert eine Zeitlang, bis er die Orientierung erlangt, und mich erkennt. Dann lächelt er, ein Lachen, das ich noch nie an ihm gesehen habe. Das ganze Gesicht ist eine strahlend aufgehende Sonne. Willy breitet seine Arme aus, aber ich bin nicht imstande,

meinen Platz am Fußende des Bettes zu verlassen.

»Wunderbare Ärzte sind das hier – und die Schwestern sind so nett.«

Willy strahlt wie ein Honigkuchenpferd.

Nach diesem Traum erwachte ich gegen sechs Uhr dreißig in meinem Hotelzimmer in Malbork, nachdem ich am vergangenen Abend schlecht hatte einschlafen können. Zuviele Gedanken spukten in meinem Kopf umher. Gedanken, die sich zu einem undurchdringlichen Dickicht entwickelten, in dem ich mich zunehmend verhedderte. Es gab niemanden, der mir helfen konnte. Ich war alleine und irgendwann weinte ich mich in den Schlaf.

Der Traum der vergangenen Nacht stimmte mich nun etwas hoffnungsvoller, und ich packte schnell unsere restlichen Sachen zusammen. Dabei fiel mir auf, dass Willys kleine Leder-

tasche fehlte. Ausgerechnet die Tasche mit den wichtigen Unterlagen, dem Foto von Marlene und den Briefen.
Ich machte den Koffer nochmal auf, nahm jedes Kleidungsstück wieder in die Hand, durchstöberte Seitentaschen, schob die Schubladen unserer Nachtschränke auf; schaute im Kleiderschrank, in den Rucksäcken, den Taschen, den Plastikbeuteln und unter dem Bett nach.
Dann trug ich die Sachen nach draußen und verstaute sie im Fahrzeug, nicht ohne vorher den Kofferraum zu inspizieren und die Rückbank. Ich schaute unter den Vordersitzen nach, in den Seitenablagen, im Handschuhfach. Nichts.
Hatte Willy wieder ein unauffindbares Versteck gefunden? Das endgültige Versteck?
Verzweifelt fragte ich schließlich an der Rezeption, ob jemandem beim Zimmer saubermachen, beim Auf-

räumen, die kleine Tasche aufgefallen war. Nichts.
»Falls die Tasche hier irgendwann auftaucht, möchte ich unverzüglich benachrichtigt werden!«
Die Dame an der Rezeption nickte mitfühlend und steckte den Zettel mit meiner Telefonnummer ein.

Ich verließ Malbork auf der Landesstraße 22 in Richtung Starogard Gdański, überquerte bei Kończewice die Weichsel und erreichte Danzig am späten Vormittag.
Ich fand einen Parkplatz unmittelbar am Hohen Tor, dem Eingang zur historischen Altstadt, mit Hilfe eines aufmerksamen Parkplatzwächters, der mir zuwinkte und mich einwies. Ich gab dem Mann ein paar Zlotys und machte mich ohne Gepäck auf den Weg zum Krankenhaus. Ich wollte mich erst einmal kundig machen, ein paar Einzelheiten erfahren.

Der Weg dahin war nicht sehr weit. Ich konnte nach wenigen Schritten die Klinik bereits sehen. Also war es später leicht möglich, Willys Gepäck nachzuholen.
Es war ein trüber Herbsttag. Der Himmel über Danzig wolkenverhangen.

Ruth hatte mich ebenfalls an einem Herbsttag verlassen. Das erste Mal. Davor hatte sie mich auch belogen – wie jetzt Willy.
Warum um alles in der Welt glaubten alle, sie müssten mir die Wahrheit verheimlichen oder mich belügen?
Aber wahrscheinlich hatte Willy doch Recht. Ich wäre mit diesem alten Mann, diesem Wrack, wahrscheinlich niemals auf Reisen gegangen. Freiwillig!
Oder doch?

Ich sah von der kleinen Anhöhe vor dem Krankenhaus auf die Altstadt hinunter und zu dem Bahnhof, indem gerade ein Zug abfuhr.

Ruth hatte damals den ersten Zug in den frühen Morgenstunden genommen. So früh, dass ich mich nicht mehr von ihr hatte verabschieden können. Sie wollte es so. Sie hasste Abschiedsszenen, vor allem auf Bahnhöfen. Das hatte für sie etwas Romanhaftes, etwas Unreales, ja sogar etwas Kitschiges. Etwas, das jederzeit und überall kolportiert werde, meinte sie. Darum hielt sie ihren Abfahrtstermin geheim.
Nachdem mir eine Freundin von ihrer Abfahrt erzählt hatte, fuhr ich zum Bahnhof nach Westerland, ging durch die Schalterhalle zu den Bahnsteigen, setzte mich auf eine der Bänke und sah den abfahrenden Zügen nach.
Unzählige Male tat ich das.

Willy sei noch im Operationssaal, erzählte mir eine deutschsprechende

Krankenschwester. Ich könne aber gerne im Flur der Station warten. Dorthin würden sie ihn bringen, wenn alles vorbei sei.

An der Wand vor seinem Zimmer lehnte verlassen seine Krücke. Ich erkannte sie sofort. Die Schwester meinte, es wäre ratsam, ein Paar Krücken zu besorgen.

Ich nickte zustimmend, und erkundigte mich bei ihr nach einem Sanitätshandel. Möglichst in Nähe der Klinik. Sie zuckte ratlos mit den Schultern. »Ich weiß nicht.«

Meist befinden sich solche Läden in der Nähe von Krankenhäusern und so machte ich mich auf den Weg.

Ich umkreiste das Karree der Klinik und fand einen Laden. Der Besitzer war ein freundlicher älterer Herr, der mir genau die Funktion von Krückenpaaren erklärte.

Ich kaufte ein Paar und kehrte ins Krankenhaus zurück.

Auf der Station angekommen, spürte ich, dass etwas in der Luft lag, obwohl weder ein Arzt noch eine Schwester zu sehen waren.

Ein unbestimmtes Gefühl.

Die verlassene Krücke vor Willys Zimmer war verschwunden. Ich stellte das von mir gekaufte Paar an deren Stelle an die Wand und nahm auf der Bank neben der angrenzenden Zimmertür Platz.

An der gegenüberliegenden Wand hing die Kopie eines Stilllebens: *Van Goghs Apfelkorb*. Einige Äpfel sahen angeschlagen aus. Schrumpelig – verletzt.

Dann öffnete sich die Tür zur Station und ein Arzt und eine Schwester betraten den Flur.

Die Schwester hielt irgendwas in ihrer Hand, das wie eine kleine Tasche aussah. Als sie näherkamen, sah ich, dass sie traurig und deprimiert aussahen. Der Arzt schüttelte fassungslos den Kopf.

»Schlecht«, formulierte er in gebrochenem Deutsch und die Schwester übergab mir verlegen die alte Wildledertasche von Willy, die ich noch vor wenigen Stunden so intensiv gesucht hatte, und drückte mitfühlend und ohne mich anzusehen, meine Hand.
Dann ließen sie mich für einen Moment alleine. Mit mir selbst und Willys gehüteten Habseligkeiten.

Epilog

Nach den besagten Ereignissen ist viel Zeit vergangen und so gibt es für mich noch einiges im Nachgang zu berichten:
Die Überführung von Willys sterblichen Überresten stellte mich vor eine Vielzahl von Problemen, über die ich im Einzelnen nicht mehr berichten kann und auch nicht berichten möchte.
Jedenfalls fand Willy am Ende seine letzte anonyme Ruhestätte auf einer Streuwiese in Rostock.
Ich bin der einzige, der diesen Ort kennt. Ich habe ihn fotografiert und das Foto vergrößern lassen. Es ziert als gerahmtes Poster meine Wohnstube und ist gleichzeitig eine Art Mahnmal für mich.
Immer wenn es mir schlechter geht, und ich in meinem Tun keinen Sinn erkenne, hilft es mir, mich wieder aufzurichten.

Es ist nicht gelogen, wenn ich sage, dass es mir in der ersten Zeit nach Willys Tod schlecht ging.

Irgendwann begann ich dann, meine Aufzeichnungen zu sichten, und nach langen Überlegungen entschloss ich mich dazu, mein Tagebuch zu verwenden, um einen Roman zu schreiben. Einen Roman über unsere kleine kurze Geschichte.
Dabei war der Inhalt der kleinen Ledertasche sehr hilfreich. Sie enthielt neben Willys Aufzeichnungen aus früheren Tagen auch viele Fotos. Willy in jungen Jahren, am Silvestertag 1953: Willy steht mit seinem Akkordeon im Türrahmen und spielt. Willy in Melkerkluft und Gummistiefeln; auf dem Weg zur Arbeit. Willy auf der Mole in Warnemünde. Er sieht durch einen Feldstecher aufs Meer hinaus. Willy auf der Bootswerft als Charly Brassenpliet mit Pfeife im Mund und Seemannsmütze auf dem Kopf. Willy, ein

Schiffsmodell begutachtend, und Willy als Graf von Löwengulasch: 1,88 groß und 90 kg schwer, im feinsten Zwirn mit Krawatte.

Auf diese Art und Weise bekam ich Gelegenheit Ausschnitte eines mir fremden Lebens zu betrachten – dessen Ende ich begleiten durfte.

Auffällig war, dass kein einziges Bild seiner Frau in dem Mäppchen zu finden war. Seiner Frau Elisabeth, mit der er immerhin Jahrzehnte verheiratet war, und die er, in seinem Wahn, versuchte, mir als meine Mutter zu verkaufen.

Wenn ich heute daran denke, muss ich schmunzeln.

Ich habe Willy vergeben. Ich habe mir selbst vergeben und ich habe Ruth vergeben. Nach all diesen Jahren bin ich mit meinem Leben im Reinen.

Ich bin endlich bei mir selbst angekommen.

Marlenes Foto beschäftigte mich noch eine Zeit lang. Willy hatte es gesondert in seiner schwarzen Brieftasche deponiert; zwischen die Seite eines Briefes gelegt. Ich musste mir eine Lupe zur Hilfe nehmen, um die stark beeinträchtigte Schrift lesen zu können. Es war Marlenes Brief an Willy. Das einzige schriftliche Zeugnis, das er von ihr besaß. Gefunden in einer Scheune im nördlichen Polen.
Liebe ist immer etwas Kostbares, wer sie auch geben mag. Ein Herz, das klopft, wenn man kommt. Augen die weinen, wenn man geht. Das sind so seltene, süße, kostbare Dinge, dass man sie nie ...
Hier zerfließt der Text, wird unleserlich und bleibt dennoch im Gedächtnis: als reife Erkenntnis einer erst 15-jährigen.
Ach Marlene. Sie gibt noch so viele Jahre nach diesen Geschehnissen Rätsel auf.
Es ist noch nicht lange her, da blätterte ich wieder in dem Fotoalbum, das mir

meine Großmutter hinterlassen hatte. Der blinde Fleck. Dieser Ort, wo eigentlich das Foto meiner so jung verstorbenen Tante hingehörte und nur noch vier verlassene Fotoecken klebten.
Ich weiß nicht mehr, warum ich es tat. Es war eher etwas Beiläufiges, eine Idee, die kurz aufblitzte. Eine Möglichkeit, die ich am Schopf packte; und es war Neugierde.
Ich kramte das Foto von Willys Marlene heraus und versuchte, es in die Fotoecken zu stecken. Es passte.

Ich stelle mir vor, wie Marlene damals, von meiner Großmutter unbemerkt, das Bild aus dem gemeinsamen Album entfernte.
Sie wusste, dass diese schöne Zeit mit Willy bald zu Ende sein würde, weil sie weiterziehen mussten.
Und sie wollte Willy etwas Bleibendes hinterlassen. Deshalb entwendete sie das Foto und schrieb einen Brief.

Es musste schnell gehen.
Vielleicht verabredeten sie sich ein letztes Mal?
Ich stelle mir vor, wie sie zu dem kleinen See gehen, so wie ich es tat, am Abend – nach Willys Geständnis.
Sie gehen am Saum des Waldes entlang und finden am Ufer einen Platz im noch feuchten Gras.
Über dem Schilf flattern Enten und von überall her hört man das Gequake der Frösche. Er möchte etwas sagen, aber sie führt ihren Zeigefinger zum Mund.
Pssst!
Später kramt sie aus einem kleinen Täschchen den Brief und ihr Bild hervor.
»Vergiss mich nicht«, flüstert sie.

In Erinnerung an Waldemar Bollo (1931–2015) und Irmgard Blumberg (1928–1944).